TOUTE À VOUS

ISBN 979-10-352-0327-6

Éditrice : Charline Vanderpoorte
Assistante d'édition : Juliette Gaillard
Photographie : Cha Gonzalez
Conception graphique couverture : Florie Briand
Maquette intérieure : Amandine Chambosse

Loi n° 49-956 du 16 juillet 1949 sur les publications destinées à la jeunesse

TOUTE À VOUS

MAÏA BRAMI

EDITIONS THIERRY MAGNIER

Maïa Brami est écrivaine, journaliste, et elle dirige des ateliers d'écriture, notamment au MAHJ et à la BPI. Elle ne se limite à aucun genre littéraire ni à aucun public. Sa langue est son champ d'exploration, qu'elle fait résonner avec les autres arts. Citons entre autres *Sur un sentier recouvert*, l'un de ses récitatifs pour comédien et chambristes créé au Festival de Lucerne en 2017. L'enfance et la femme restent au cœur de son travail, sous-tendu par les questions de maternité et de PMA : *L'Inhabitée* (L'Amandier, 2015), *Paula Becker, la peinture faite femme* (L'Amandier, 2016), *Tout va bien se passer* (La Feuille de thé, 2019), créé à Paris, au Théâtre de la Reine Blanche en 2018. Lauréate de plusieurs bourses et résidences littéraires, elle a publié plus d'une vingtaine de livres pour petits et grands traduits dans différents pays, notamment *Vis ta vie Nin*a (Grasset Jeunesse, 2000), prix Chronos 2002, *Norma* (Folies d'encre, 2006), prix du Premier Roman de la 20e édition du Festival de Chambéry 2007 et *Le monde est ma maison* (Saltimbanque, 2018).

« “Dès que la relation sexuelle a lieu, c’est la chute”,
écrivit-elle, en pensant, en sachant par expérience
que le sexe court-circuite tout échange imaginatif. (...)
Pourtant, elle voulait vraiment les deux. »
I Love Dick, Chris Kraus

« Les gens oublient que le cerveau est
la plus grande zone érogène. »
The Big Lebowski, Joel et Ethan Coen

Cher…

Vous ne me connaissez pas, j'habite en face et je vous observe aller et venir dans votre appartement.

Qui suis-je ? Stella, étudiante, vingt et un ans, deux hommes au compteur et le cœur en compote. Paumée ? Qui ne l'est pas ? Signes particuliers : une tache de naissance en forme d'étoile au creux de la hanche droite et un imaginaire débordant (c'est un peu la guerre nucléaire sous mon crâne, mais ça, vous allez vite le constater par vous-même !).

Avec G., c'est fini et je peux enfin vous écrire. Quel soulagement ! Première chose, j'ai poussé ma table (une aubaine écaillée et branlante trouvée au coin de la rue) devant le balcon, face à vous. Ça faisait un moment que j'en mourais d'envie. Pour trouver l'inspiration, il faut le bon panorama.

En pensée, ce n'est pas la première fois que je vous écris. En pensée, je m'endors souvent avec vous, votre dos, votre nuque, vos épaules, l'odeur tiède, réconfortante derrière vos oreilles à la lisière des cheveux, le poids chaud de votre torse, sa masse dense et élastique.

G. a claqué la porte – sans me rendre sa clé – en me traitant de glaçon et autres substantifs peu flatteurs. C'est vrai, j'avoue, j'ai toujours eu les extrémités froides, et sous la couette, j'aime bien coller mes pieds sur les jambes de mon partenaire. Ado, ça me complexait : personne n'a envie de se faire caresser par les doigts de la Dame blanche, si vous voyez ce que je veux dire. Et les préliminaires en moufles, c'est pas glamour !

G. est aussi persuadé qu'il y a quelqu'un d'autre. D'une certaine manière, il n'a pas tort. Depuis que je vous ai surpris vous déshabillant, fenêtre ouverte, pendant la période de canicule le mois dernier, ce simple geste de retirer votre tee-shirt d'une main, typiquement masculin, cette prise entre les épaules pour le faire passer au-dessus de la tête, m'a donné la fièvre. Non, G. ne retire pas son tee-shirt de cette façon. Sans doute aurais-je dû rompre le soir même où je m'en suis aperçue, mais cela aurait été un peu compliqué : nous sommes en colocation depuis deux ans !

Les gestes, c'est comme la voix d'une personne ou son odeur, l'alchimie y est ou non. Pensez-vous que cette alchimie soit encore possible entre hommes et femmes ? (Dites « oui », je n'ai aucune envie d'aller m'enfermer dans un couvent !) Avec G., j'avais l'impression de coucher avec un myope. Et c'était la même chose avec mon premier amour, que j'ai pourtant aimé passionnément.

G., c'est l'erreur habituelle : en vivant en colocation, on partage tout. Le soir de ma rupture avec Alex, il a préparé ses fameux cookies aux Carambar et m'a offert son épaule. Les cookies, c'était aussi pour se réconforter, lui. Notre petit trio, c'était fini. On a passé la soirée devant des séries. Plus elles étaient drôles plus je pleurais. Au matin, on s'est retrouvés pelotonnés dans le plaid du canapé, nus. J'étais en train de rêver que je batifolais dans les foins avec Alex – ça existe encore de batifoler dans les foins ? –, de la paille me chatouillait le nez, on riait, c'était idyllique et hop ! la paille a pris le dessus, m'agaçant les narines, et en voulant m'en débarrasser, cri atroce, violent retour au réel, j'avais arraché un morceau de la toison luxuriante de G. ! (Au passage, je ne suis pas pilophobe. Sean Connery reste mon James Bond préféré.) Il m'a souri malgré tout, resserrant son étreinte et j'ai compris que j'avais tout foutu en l'air. Juste la vue des miettes de cookies au coin de sa bouche m'a donné envie de mourir. Je venais de perdre mon meilleur pote *et* mon premier amour en l'espace de vingt-quatre heures.

Les semaines qui ont suivi, j'ai eu le temps de repenser à ma faiblesse. J'aurais mieux fait d'avaler un pot de crème glacée en mouillant mon oreiller comme dans les comédies romantiques américaines. Pire, je me suis retrouvée piégée avec G. dans notre deux-pièces et impossible de lui faire entendre raison. Il s'est mis à décliner sa recette de cookies à toutes les sauces, à m'en glisser jusque dans les poches avec des mots doux. Par tendresse pour lui et afin d'éviter l'overdose, j'ai dû mettre le holà. J'ai tenté tous les subterfuges, en y allant croissant : de l'abandon malencontreux d'un tampon hygiénique usagé dans la salle de bains jusqu'à l'aventure lesbienne affichée dans le salon, en passant par une incartade du côté des *gender fluids*. J'ai cru réussir à rompre en lui décrétant que désormais j'étais asexuelle, mais cela n'a fait que décupler sa jalousie. Alors, après une énième scène de ménage parce que j'avais disparu des écrans radars, j'ai eu soudain un éclair de génie en lui criant que ses cookies étaient infects et qu'il ferait mieux de mettre une croix sur ses prétentions à participer à l'émission *Le Meilleur Pâtissier*. Là, son ego s'est réveillé. Il a fait son sac et a claqué la porte.

Le silence est revenu, mon horizon s'est dégagé et je vous ai alors aperçu de l'autre côté de la rue : votre torse se libérant du tee-shirt à l'aide de votre bras droit, se déployant dans l'espace, tel l'aigle royal se propulsant dans les airs, puissant et d'une grâce infinie. Normal, il était 21 h 47 et des poussières d'étoiles – vous n'auriez pas des origines suisses ? Comme on dit, il n'y a pas de hasard.

Cher…, je n'ai couché qu'avec deux hommes dans ma courte existence, les deux myopes. Et les lunettes n'y pourraient rien, je vous parle de myopie *sexuelle*. Mon ex, j'avais essayé de le convertir à Lubitsch – il a cru que c'était une spécialité viennoise ! –, Hitchcock – qui ne connaît pas ce géant du septième art ? –, lui faire ressentir le frisson provoqué par deux regards qui se touchent, la simple vue d'une main, l'intonation d'une voix, mais il préférait son smartphone au grand écran et, quant à faire, toujours le même plan rapproché. Dommage qu'on ne rompe plus par lettre, à l'ancienne, sinon j'aurais adoré lui envoyer une carte postale de *L'Origine du monde* de Courbet. Mais bon, je crains qu'il se serait surtout focalisé sur l'aspect pileux de cette origine-là ! (Lui, pour le coup, c'était monsieur chasse au poil !)

Pensez-vous que tous les hommes sont condamnés à la myopie ? Je suis certaine que seul un scientifique, un homme je veux dire, a pu inventer le concept de « zone érogène ». Comment peut-on penser comprendre le corps en le découpant en petits morceaux ?

Oups ! Je viens de me rendre compte de la maladresse de ma métaphore, on frôle l'outrage. Pourrez-vous me pardonner, voir au-delà (je m'enfonce !) ? Prenez-le comme un compliment, preuve de la tempête que vous avez provoquée sous mon crâne. Imaginez, moi qui ai la chaleur en sainte horreur, je prie chaque soir pour qu'on annonce une nouvelle canicule : puissiez-vous à nouveau prendre deux douches dans la journée ! Que faire ? Barrer, récrire ? Cela impliquerait de tout relire et de condamner ce courrier ridicule à la poubelle. Éventuellement, déchirer la fin, plier la feuille en forme d'avion et vous l'expédier, pfffuit, d'un coup de poignet digne d'un joueur de roulette. Votre femme de ménage finirait peut-être par tomber dessus et, parce que c'est une indécrottable romantique, elle irait jusqu'à la déplier et vous la lire. Dommage que je ne sache faire que les cocottes en papier !

Sur ce, je sens l'appétit qui revient, contrairement à vous, totalement invisible.

La fille d'en face

Cher…

Ce que j'aime dans cette correspondance – vous allez me dire, une lettre, ce n'est pas encore une correspondance –, c'est que vous ne la lirez jamais. Non pas parce que je vous l'enverrai sous forme de cocotte par ma fenêtre ouverte, non, mais parce qu'il n'y a aucune chance que vous puissiez la lire et vous savez bien pourquoi, inutile que je m'étale là-dessus. Ce serait déplacé.

Quoique, si j'ai commencé à vous écrire, ce n'est pas uniquement à cause de votre dos viril, des omoplates qui jouent sous votre peau parfaite, tendue et charnue à la fois, des fossettes que je devine souriantes, qui invitent à la caresse, juste au-dessus de la ceinture de votre jean, c'est aussi parce que vous ne *pourrez* pas me lire.

Pour autant, je n'ai pas l'impression de m'écrire à moi-même ou de devenir folle – en tout cas, pas plus qu'avant –, mes lettres sont pour vous, je suis *toute* à vous. Parfois, je vous fixe si fort qu'il me semble que vous allez vous retourner, magnétisé, me sentir de l'autre côté de la rue. Je me fais des films, j'ouvre la fenêtre en grand et je m'expose (pas nue, non !) : je sens le soleil qui me traverse, mes cheveux qui s'encanaillent sur mon visage, dans mon cou. Le cœur affolé, ma poitrine se soulève, se frotte à la dentelle de mon soutien-gorge, se délecte de se sentir à l'étroit – de là à imaginer des mains, vos mains, il n'y a qu'un pas, car bizarrement, dans mon fantasme, vous arrivez par-derrière, vous me surprenez, m'enserrant de vos bras et je me laisse aller contre vous, dans votre chaleur, dans votre odeur... virile. « Virile », c'est vite dit, facile. Mais comment la décrire votre odeur ? Je sais juste qu'elle appelle mes sens, aiguise mes crocs, que j'ai envie de me jeter sur vous, vous faire basculer par terre pour mieux vous humer, vous lécher, vous dévorer.

Maintenant que j'y pense, probable que je sois du genre possessive comme une louve. Vous y voyez à redire ? Aimer quelqu'un au point de le manger, cela vous paraît tordu ? Vous n'y avez jamais songé vous-même ? Faire l'amour à quelqu'un, n'est-ce pas vouloir le posséder ?

Cher…, j'aimerais vous réduire à ma merci, entendre votre respiration s'accélérer, votre corps peu à peu vous échapper, par votre voix d'abord. Je jouerai de vous, telle une virtuose sur son stradivarius. Savez-vous que certaines personnes arrivent à briser le cristal en émettant une simple note ? Ensemble, nous briserons le tympan de mes voisins du dessus. Peu importe s'ils me font expulser, j'irai habiter avec vous et nous ferons l'amour fenêtre ouverte pour les narguer, je crierai son nom à lui – il s'agit du petit couple parfait, pas même trentenaire et déjà marié avec un enfant – au moment du climax juste par vengeance, pour leur fiche la honte, avant d'éclater de rire.

Je crois qu'entre amants, il est essentiel de rire ou tout devient guindé et grotesque. *Les Feux de l'amour*, très peu pour moi. Ne croyez pas que je regarde la série, hein ? Mais petite, je passais mes mercredis chez ma nounou. Au générique, j'étais fascinée par les actrices crinière au vent et je me demandais si une fois adulte, mes cheveux se mettraient à jouer les drapeaux sous la tempête quand j'aurais un coup de foudre, un peu comme des antennes en fait. Vous allez vous moquer, mais je me souviens d'être passée et repassée, tremblante, cheveux lâchés, devant un garçon que je trouvais irrésistible, attendant qu'ils me fassent signe, qu'ils aillent lui chatouiller le visage, le pétrifient, telle la Méduse, que je sache qu'il s'agissait du bon, de l'homme de ma vie, de mon âme sœur. Tu parles, pas même une ondulation - mais ça, c'est génétique, j'ai hérité des baguettes de tambour de ma mère. Ils sont raides à mourir !

Je reviens quand même sur cette histoire d'humour au lit - ou sur le canapé, dans la douche, à la belle étoile -, mes deux lascars n'en ont pas du tout. Pour eux, je crois que le sexe tient de la performance. Ils se prennent pour des artistes de cirque, des gymnastes. S'ils réussissent ce qu'ils ont en tête, leur enchaînement de saltos et triples saltos, ils sont satisfaits. Ils halètent, transpirent, ânonnent des cochonneries, s'encouragent surtout et puis, pouf ! c'est terminé, ils s'écroulent en convulsant, comme des épileptiques. Bon, ils ont laissé leur monture* au top départ, mais ça, ils ne semblent pas le réaliser ou, pire peut-être, ils s'en foutent*.

Là, je pourrais revenir au cinéma de Lubitsch, au risque de vous lasser. Mais non, je sais que vous êtes comme moi, que vous vous êtes délecté en entendant les dialogues de ses films et que, au pire, si vous ne les avez jamais entendus, j'aurai l'honneur de vous les faire découvrir. Je suis tombée dedans petite. *New York-Miami*, *Vacances romaines*, *Ninotchka*, *La Dame du vendredi*, *Ève*, etc. : les classiques hollywoodiens ont chassé bien des cauchemars nocturnes. Le bonheur de venir me pelotonner contre ma mère installée sur le clic-clac du salon (on vivait seules dans un minuscule deux-pièces), de me rendormir sa main dans les cheveux, apaisée par ses rires mêlés à la mélodie des voix étrangères. Tout à sa joie, elle en oubliait de me renvoyer me coucher.

Je me souviens encore de notre engueulade l'année de mes quinze ans. Enfin, elle me montrait *Un tramway nommé Désir* (Elia Kazan à son sommet d'après une pièce de Tennessee Williams) : « Voilà pourquoi je t'ai appelée Stella, tu comprends maintenant ? » me dit-elle tout sourire (ce qui était rare), d'un air complice (encore plus rare), et moi de contre-attaquer : « Bonjour la vie de merde ! C'est ça que tu me souhaites, de vivre avec un ouvrier poivrot ? » Maintenant que j'y pense, Marlon Brando et son marcel, (l'ouvrier poivrot) exquis mélange de fragilité et de bête sauvage, ne sont sans doute pas étrangers à mon attirance pour vous.

Bref, reprenons, on s'installera sur votre canapé – vous en avez sûrement un – à une distance raisonnable, celle qui appelle à vouloir se rapprocher irrésistiblement alors qu'on attend de l'autre qu'il fasse le premier geste, qu'il vous frôle soi-disant sans faire exprès, bref, on sera devant Lubitsch et nos cerveaux s'échaufferont comme ceux des personnages joués par Cary Grant, James Stewart et Katharine Hepburn dans *Indiscrétions*, et je regretterai presque qu'un de vos amis ne soit pas de la partie – encore un autre fantasme, mais ça, je l'évoquerai un autre jour si vous le voulez bien.

Cher…, je tourne autour du pot, c'est lamentable. Ce que je veux vous dire, c'est que le fait que vous soyez aveugle, cela m'excite terriblement. Parce que vous êtes l'antithèse de ce que je connais, parce que vous n'avez pas appris votre b.a. ba dans la cour du collège sur un téléphone portable, vous représentez pour moi le dernier espoir masculin de l'humanité. L'amant idéal.

Une âme éperdue

* Argh ! Serais-je misogyne ? Un comble alors que je plaide ici justement la cause des femmes et de leur plaisir. Alors pourquoi la monture alors que je déteste la position du missionnaire ? Parce qu'elle est indispensable au cavalier qui la traite avec les plus nobles égards ? Je note bien l'analogie avec le cirque juste avant. Pour le côté bestial du coït ? Après tout, rien n'empêche la monture de renverser son cavalier !

* Cf. ce « fossé » que j'évoque dans ma première lettre.

Cher vous (pas glamour mais marre des...),

Ce matin, je me suis réveillée avec cette pensée : peut-être n'avez-vous JAMAIS fait l'amour, peut-être êtes-vous vierge, faute à votre canne blanche ? J'avoue que ce serait encore plus délicieux. Après toutes ces années solitaires, être votre délivrance – délit de grosse tête !

Laissez-moi vous décrire la scène : je sonne à votre porte, vous demandez qui c'est, je ne réponds pas mais je sonne à nouveau, vous ouvrez un rien agacé c'est-à-dire les traits lisses d'un ange, car il faut se lever tôt pour vous mettre en colère, oui, je vous imagine tel un sherpa tibétain, master of zen – j'en profite pour m'introduire dans votre entrée d'un pas leste de Chatte sur un toit brûlant*, vous sentez un courant d'air parfumé, mes cheveux tout juste lavés, encore humides. C'est qu'il fait chaud, les tongs collent au bitume, et les cerveaux fondent sous les toits en zinc ! L'été dans la capitale.

À ce moment de ma rêverie, j'hésite sur la tenue adéquate, robe fleurie portefeuille qui se dénoue d'une main ou salopette en denim à boutons pression pour corser l'affaire et jouer les plombières de films X.

Le fantasme du type musclé qui vient déboucher le siphon d'évier, ça plaisait à la génération de ma mère – enfin, je ne lui ai jamais demandé, mais il y a des années, j'ai trouvé une relique, une antiquité, une cassette VHS érotique planquée derrière des livres dans la bibliothèque de ma tante à la campagne. C'était vraiment poilant à regarder du haut de mes treize ans, on se vanne encore à ce sujet avec mon cousin.

Assez émoustillant aussi, d'une part parce que les adultes risquaient de nous surprendre et, d'autre part, le fait que ces inconnus transforment une vulgaire cuisine en un lieu orgiaque tenait du tabou et nous laissait entrevoir l'infinie possibilité des jeux de l'amour : préliminaires avec saucisson, spatule en bois, huile d'olive – de préférence extra vierge ! –, confiture, chocolat en poudre, miel – Alex n'aime pas le sucré, ce type est une erreur de la nature. Quant à G., il aime trop ça !

Je cherche celui qui saura faire parler le miel sur mes lèvres, laissant échapper une goutte dans mon cou, la regardant fou d'excitation se faufiler et jouer à cache-cache avec mes courbes et ma lingerie, l'aidant juste à atteindre sa destination en tirant sur l'élastique de ma culotte. C'est pervers le miel, suffit de le savoir ! Y a la chantilly aussi, pour celles qui ont envie de se transformer en fraise géante (et rougir de plaisir ! OK, elle est facile). Entre nous, on vante le dîner aux chandelles, mais rien de plus sexy qu'un brunch avec pancakes et sirop d'érable : couleur ambrée exquise et au goût beaucoup moins écœurant que le miel ou le sirop au chocolat.

Cher vous, avez-vous comme moi un problème avec la répétition sonore ? Je crois que cela a un nom, c'est une sorte de maladie, le cerveau se focalise sur un détail, du genre bruit de fond : le plic-ploc d'un robinet qui fuit, le ronronnement d'un frigidaire. Je ne pourrais jamais être avec quelqu'un qui renifle, régurgite ou se racle la gorge à intervalles réguliers. Mon pire cauchemar : l'amant qui s'époumone au lit en émettant la même note ! Je suis certaine qu'il en va de même pour vous : le monde qui vous arrive par les oreilles doit être d'une richesse inouïe comparé à celui du commun des mortels.

Je reviens au film érotique en VHS : en mettant le magnétoscope en marche, le son a d'abord jailli, crevant le silence. Nos oreilles ont frémi, nos cœurs ont bondi, et nous nous sommes jetés sur la télécommande pour couper le volume. Même muet, le film faisait son effet, surtout quand les acteurs se sont mis à faire ce qu'on n'avait jamais fait. À l'époque, voir le bouton du chemisier céder sous les doigts rustres et experts du « plombier » et laisser apparaître la dentelle rouge du soutien-gorge suffisait à m'affoler. Y a-t-il plus excitant qu'une main d'homme ? Alex a des mains fines d'intello aux ongles un peu longs, un peu sales. Tout ce que je déteste ! Et en plus, il se fait craquer les phalanges. Mais quand on aime, on pardonne tout, n'est-ce pas ? Quant à G., je n'y ai jamais vraiment fait attention. Elles sont le plus souvent invisibles sous la farine !

Cher vous, je n'arrive pas à remettre la main sur mes petites jumelles de théâtre offertes il y a des années par ma marraine folle d'opéra. J'ai envie de vous voir mieux, de plus près, de vous approcher à votre insu. Je rêve d'assister à votre rasage – est-il quotidien ? De mon balcon, vous avez l'air d'avoir les joues douces. J'aime bien la barbe de trois jours aussi, visage tracé au fusain, ombres bleues qui font ressortir les pommettes et le côté cow-boy mal dégrossi. Embrasser un barbu, c'est déjà se frotter à la bête, ses poils, son odeur, et par contraste goûter à la douceur de ses lèvres, de sa langue.

Bref, pour en revenir une dernière fois au film VHS et conclure cette lettre, je me souviens qu'au bout d'un moment, le dialogue m'a manqué, que se disaient-ils ? Quelles voix avaient-ils ? Quel en était le tempo ? Ce jour-là, j'ai découvert que j'étais une auditive : évidemment, ce que les acteurs se disaient était ridicule – mais quel homme investirait dans le scénario d'un film érotique, alors qu'il se satisfait d'un plan fixe sur *L'Origine du monde* ? Soit dit en passant, les pornos ne racontent rien – à part de la violence –, les corps sont accessoires, on est dans de la mécanique, on huile un piston dans un, deux, trois trous. Finalement, on en revient à la plomberie ! Alors que je défie quiconque de ne pas être excité en entendant ses voisins coucher au-dessus.

Et je suis certaine que les garçons s'exciteraient tout autant en regardant les VHS planqués au grenier. Pas vous ?

Il faudrait que je trouve votre numéro et vous téléphone, juste pour l'entendre, votre voix.

À vous,

La chatte sur la gouttière d'en face

* Célèbre pièce de mon vénéré Tennessee Williams et non moins légendaire film de Richard Brooks dans lequel Maggie la chatte (Elizabeth Taylor) tente de convaincre son déprimé de mari Brick (irrésistible Paul Newman) qu'il est bien hétéro, à grands renforts de combinaison en satin, de bas et de porte-jarretelles.

Cher vous,

Quel est votre prénom ? Éric, Daniel, Mat, Momo, Tom, John, Joerg, Niels ? Aujourd'hui, vous serez Adam, le premier homme. Lui aussi aveugle, aveuglé par Ève enroulée dans un serpent, à moins qu'elle n'ait été le serpent elle-même, ondulante sirène, l'hypnotisant de ses hanches, de ses yeux, de sa voix un peu basse, rauque, qui n'avait encore jamais servi.

Finalement, je crois que j'arriverai chez vous en imperméable et talons hauts – tant pis pour le cliché. Je sonnerai, vous ouvrirez la porte, vous sentirez ma présence, vous demanderez qui c'est, je ne répondrai pas mais j'avancerai d'un pas vers vous en refermant la porte d'une main, dénouant mon imper de l'autre, et je continuerai à avancer jusqu'à ce que vos doigts me voient et m'électrisent. Et il est probable que, frappée par la foudre, je sois réduite en un petit tas de cendres à vos pieds. Vos mains chercheront dans le vide avant que vous ne butiez dans la masse encore fumante.

Je pense juste à ma peau nue et libre sous l'imper, la gabardine rêche flirtant avec mes seins, mes fesses, je traverse la rue d'une démarche lente et chaloupée – imitant celle des filles sur les podiums, sans toutefois me résoudre à porter le menton haut de peur de louper un trou dans la chaussée –, le pouls déjà déchaîné par mon audace. Avant d'entrer dans votre immeuble, je lance un dernier regard à ma fenêtre pour me donner du courage et j'emprunte les escaliers d'un pas sûr mais tellement tremblante que la rampe ondule jusqu'au sixième étage. J'arrive essoufflée au deuxième. J'écoute aux deux portes. Laquelle est la vôtre ? Je ne peux me fier à mon sens de l'orientation. Je me suis perdue derrière chez moi pas plus tard que la semaine dernière. Il y a une sorte de dédale de petites rues censées mener à un nouveau club, jamais trouvé. Et je soupçonne Google Maps de m'avoir prise pour le Petit Poucet !

Cher Adam, utilisez-vous une application sur votre téléphone pour vous diriger dans la ville – car j'imagine que vous devez avoir un téléphone ? Je n'ai pas aperçu de chien chez vous.

Laissez-moi donc être votre chienne. Je vous guiderai. Nous nous perdrons ensemble avec délices dans la capitale : d'abord, je vous emmènerai chez Diego pour un café croissant, je vous décrirai les yeux du beurre dans le café noir en vous donnant la becquée, ensuite nous marcherons à l'aventure jusqu'aux rives de la Seine, sur l'un des ponts, je fermerai les yeux pour sentir le vide sous nos pieds et vous me parlerez du courant que vous sentez sous l'eau épaisse, des forces qui charrient le fleuve et je tenterai de vous décrire ses moirures verdâtres, m'étonnant de n'y voir aucun remous, à part le sillage laissé par les bateaux-mouches.

Sur les berges, nous nous assiérons, grisés par ses relents vaseux, le soleil brûlant éteignant les consciences et dilatant les chairs, faisant affleurer sang et sueur. Je m'essuierai la lèvre supérieure, bénissant le fait que vous ne puissiez voir cette moiteur répugnante – on a idée de transpirer des lèvres ! –, et j'absorberai des yeux chaque microgoutte qui perle au niveau de vos tempes, hésitant à les laper d'un coup de langue – normal pour une chienne, vous me direz. Oserais-je en plein jour – à l'ombre de l'arbre de la connaissance certes –, vous déboutonner et me glisser sur vous à califourchon, à vous aspirer quasi immobile, nous berçant presque ?

Cher Adam, avez-vous entendu parler du tantrisme ? Il paraît qu'on peut ainsi faire l'amour pendant des heures en bougeant à peine, que le plaisir en est décuplé. Juste faire corps avec vous, qu'il n'y ait plus que nos peaux qui parlent.

Vous entendez ma respiration s'accélérer ? Je suis là, tout près, sur le balcon d'en face. Ouvrez la fenêtre ! Faites entrer un peu d'air et laissez mes phéromones venir vous chatouiller les narines.

Une bonne idée ça, je devrais peut-être étendre mes draps sur le balcon – sales bien sûr –, mon tee-shirt imprégné de sueur, ou ma nuisette imprégnée d'amour ? L'envoyer direct sur vous serait mieux, qu'elle vous atterrisse dessus alors que vous vous déshabillez de dos, fenêtre ouverte, ou même qu'elle tombe à côté, au sol, et répande son précieux philtre. Ensuite, je vous suivrai, Adam, où que vous alliez, je resterai toujours à une distance raisonnable, disons un mètre derrière vous et j'attendrai que vous vous retourniez sur mon odeur. Peut-être ce sera bêtement en faisant la queue à la caisse d'un magasin, ou sur un trottoir en attendant que le feu passe au rouge, sous un abribus, dans le bus ?

Je reviens justement d'un rendez-vous à l'autre bout de la ville. Le bus, y a-t-il pire comme moyen de transport ? Un semblant d'air conditionné, des fenêtres malgré tout ouvertes sur des nuages de dioxyde de carbone et de particules fines qui vous entrent directement dans les bronches, telle de la braise, la chaleur qui rend la promiscuité indécente – aisselles ruisselantes, émanations d'entrejambes, avec comme note de tête le pot-pourri des parfums artificiels vendus comme le nec plus ultra du glamour, acidifiés au contact des peaux dégoulinantes, sans oublier les effluves fétides provenant des baskets portées sans chaussettes et des nu-pieds en plastique. Et pourtant Adam, grâce à vous, la simple évocation de votre nuque, de votre dos soyeux se dévoilant d'un geste viril m'a fait oublier cet espace sordide et je me suis laissée aller aux vibrations du bus dues à la chaussée pavée – ah ! ces Romains, ils devaient s'envoyer au septième ciel chaque fois qu'ils montaient dans leurs chars ! J'ai écarté légèrement les cuisses, qui ont d'abord résisté car collées au siège, et le rodéo a commencé – et, croyez-moi, j'ai béni le ciel d'avoir la ligne entière à faire pour rentrer chez moi !

Ève

Adam,

Montrez-vous ! Je vous l'implore. Où êtes-vous donc passé ? Les fenêtres sont fermées, rideaux tirés depuis vingt-quatre heures. Pourvu que vous ne soyez pas parti en vacances. Je suis en manque, Adam, en manque de vous et je risque de commettre l'irréparable – non pas de me jeter par la fenêtre, ni de me donner au premier venu, mais d'aller rôder par chez vous pour en avoir le cœur net.

Traverser le passage piéton, me retrouver sur l'autre rive, de l'autre côté du miroir. Ce pourrait être le point de non-retour : « 16 juillet 2018, Fait divers, Une jeune femme a été arrêtée échevelée et à moitié nue en train d'embrasser une porte cochère. »

Je l'avoue, j'aime ce morceau de trottoir que vous foulez chaque jour, j'aime la poignée en cuivre de votre porche. Ils portent votre trace – et celles de tous les locataires forcément, mais aucune importance. Cette porte, lourde et verte, vous devez en connaître les moindres aspérités, votre main doit trouver la poignée sans hésiter. Que ressentez-vous au contact froid du métal ? Puis vous tirez la porte et le jour fait contact avec vous, l'air plus ou moins chaud, plus ou moins moite, et vous savez déjà qui marche sur ce trottoir, combien de pieds, vous savez aussi qu'ils vous laisseront passer – à part ceux des abrutis qui avancent le nez collé à leur portable !

Êtes-vous sensible comme moi aux bruits de la ville en été ? Un matin, on se réveille, on ouvre sa fenêtre et on sait que c'est l'été : la réverbération des sons est différente, plus sèche, les gens parlent plus fort, rient plus fort. Une certaine exubérance vient avec la chaleur : on trinque aux terrasses des cafés, on klaxonne à tout-va, certains en bande chantent à tue-tête, parfois accompagnés de leur mobile en ampli, les tongs claquent au sol, les talons résonnent. Percevez-vous le froufrou des jupes des filles, le chuchotement de leurs cuisses nues ?

Adam, qu'il est bon d'être une femme, de se réinventer au quotidien, en enfilant une paire de bas par exemple. Avec vous, je tenterais bien des jarretelles, des vraies, vintage, chinées aux puces, auxquelles j'attacherais de véritables bas de soie pour sentir l'émotion de vos doigts quand vous arriverez au carré de peau nue en haut des cuisses. Gainée dans cette lingerie, il y aura un côté tour imprenable, paquet cadeau aussi.

Sérieusement, les hommes font-ils encore l'effort de dégrafer les soutiens-gorges ? Je crois qu'à part certains fétichistes ou connaisseurs, peu d'entre eux comprennent le pouvoir de la lingerie féminine. Il ne s'agit pas seulement d'être excité à leur vue, il s'agit de préliminaires.

J'ai un fantasme, Adam – plus d'un en fait ! –, je rêve d'un déshabillage qui me mettra au bord de l'extase. Si je peux l'imaginer dans ma tête, cela doit être réalisable, ne croyez-vous pas ? Certes, celui où je culbute Bob l'éponge dans mon bain restera à l'état de fantasme et c'est très bien comme ça.

Comment vous dire ? Il n'y a rien de plus déconcertant pour moi que de connaître les gestes à venir, la prédictibilité d'une main qui s'attarde – mal – sur mes seins avant d'aller direct dans la culotte, voici sans doute le pire avant-goût d'un ébat voué à l'orgasme unique – pas le mien, vous l'aurez compris.

Utiliser l'autre comme un objet revient-il à se masturber ? Mes deux oiseaux, malgré leurs sentiments, ne semblaient pas se préoccuper de ce qui pouvait me donner du plaisir, ou alors, pire, ils pensaient m'en donner en suivant des modus operandi véhiculés par internet – et je dis « modus operandi » en toute conscience, car on flirte avec le crime bien souvent dans ces enchaînements de positions ridicules qui sont de l'humiliation pure et qui n'ont, selon moi, rien à voir avec la sexualité.

Adam, comment est faite la tête des hommes ? J'ai essayé d'attacher Alex aux montants du lit avec une écharpe en soie blanche en hommage à *Basic Instinct*. Encore un film, je l'avoue, qui est dans mon panthéon et pas seulement pour les fesses de Michael Douglas, son regard sexy, mais pour cette scène mythique où Sharon Stone prend littéralement le dessus et le réduit à sa merci. En fait, pour un tas d'autres raisons aussi, l'atmosphère torride qui rappelle Hitchcock et la grande époque des films noirs, l'homme et la femme portés à l'archétype, emprisonnés dans leur désir et voués à la fatalité.

Croyez-vous à la fatalité, Adam ? Attendez que je vienne chez vous faire claquer mes talons de flamenco. Les danseuses s'habillent en noir et rouge, et les volants de leur longue robe sont autant de volutes qui attirent les pauvres guitaristes et chanteurs assis derrière. Elles frappent la terre, l'air frondeur, fières, altières, et le monde leur appartient. Zut ! à présent, c'est Ava Gardner dans *La Comtesse aux pieds nus* qui me revient en mémoire. Et elle n'avait pas besoin de talons, comme le laisse entendre le titre, elle était Ava.

Pour en revenir à Alex, quand j'ai voulu l'attacher, il s'est débattu, ce que j'ai cru faire partie du jeu, mais pas du tout, puisqu'il s'est mis à me crier dessus et a débandé aussitôt. Je crois que les hommes ont peur de s'abandonner. Question d'éducation, de clichés sociaux, d'anatomie aussi peut-être. Et puis, pour Alex, il y avait un autre aspect à prendre en compte, mais je ne pouvais pas le savoir.

Adam, accepteriez-vous d'être ma proie ?

Carmen

Adam,

Si jamais vous étiez l'un de ces sales bourgeois qui partent en vacances l'été, je serais très, très déçue ! Puissiez-vous être un Parisien galérien qui bosse non-stop et va siroter un cocktail à l'heure de l'apéritif sur les berges de la Seine transformées en plage pour l'occasion. Certains s'y rôtissent le week-end jusqu'à la tombée de la nuit, d'autres s'y rendent pour le seul plaisir d'entendre le sable se répandre dans leur entrée, au retour, quand ils enlèvent leurs espadrilles. Nostalgie d'enfance.

Connaissez-vous la mer, Adam ? Petit, avez-vous cherché des trésors à main nue, rempli vos poches de merveilles et autres déchets déposés par la marée ? Il faudra que je vous raconte le ciel, cette illusion d'optique face à l'océan parfois, de ne plus savoir si on a la tête en haut ou en bas, comme si on se baignait dans les nuages. Vous avez entendu parler du peintre Rothko ?

Ensemble, nous irons faire le tour du monde, Adam, nous écrirons un guide bilingue français/braille intitulé *Rivages*, où nous parlerons des plages comme cela n'a encore jamais été fait – parfums, rudesse ou caresse du vent, texture du sable, ondes de la mer, perception de l'espace, de l'eau, de l'air et émotions liées. Et aussi perception de présences : badauds, animaux... esprits ?

Croyez-vous aux fantômes, Adam, à l'au-delà ? Êtes-vous médium ? Si oui, désolée pour le mal de crâne, c'est moi qui vous « prends » la tête !

Fenêtre ouverte, j'entends des rires qui fusent provenant de la terrasse du café en bas, le tintement des glaçons dans les verres, une musique lounge qui invite à quitter ses sandales pour s'avachir sur des coussins en exhibant sa pédicure rutilante – et tant pis si les plantes des pieds sont aussi noires que le bitume !

Oh ! Adam, revenez ! Je suis certaine que vous êtes un masseur hors pair. Vous êtes familier du *foot massage* ? Vous aimez Tarantino ? Je m'installerai sur votre canapé et vous offrirai mes pieds, Adam. Au contact de vos lèvres sur mes orteils, je ravalerai un éclat de rire – Miss chatouilles, c'est moi ! – et je succomberai presque sous la pression de vos mains fermes et fraîches, jubilant de vous voir vous débattre avec les lanières. Votre visage sera à moi, Adam, votre expression : masque de sphinx laissant juste paraître une roseur aux joues ? Application mêlée d'agacement ? Sourire béat, langue pendante ? Arriverez-vous à délacer mes escarpins, Adam, ou serai-je obligée de vous fouler le dos avec mes talons aiguilles façon massage thaï trash ?! Cruel ! C'est tout ce que vous méritez et je vous interdis d'en jouir, vous m'entendez ?

Hier après-midi, pire que tout, votre fenêtre s'ouvre enfin, mon cœur défaille, je me raccroche à mon balcon, tremblante, à deux doigts de hurler de bonheur ou de m'évanouir, ou les deux à la fois, quand j'aperçois une silhouette menue tenant un chiffon et qui se met à nettoyer les vitres : votre gardienne. À force d'observer, je commence à reconnaître les habitants de votre immeuble : votre voisine du dessus au brushing impeccable, qui passe sa vie en voyage et ne se sépare jamais de sa petite valise roulante – pratique pour aller enterrer les restes de ses amants, excusez cette référence à *Fenêtre sur cour*, encore un film que j'adore et dont je vais forcément vous rebattre les oreilles, car mon rêve est devenu réalité, je *suis* L.B. Jeffries, le personnage joué par James Stewart, observant ses voisins d'en face, téléobjectif en moins –, celle du dessous, limite momifiée, qui vit la plupart du temps derrière ses volets, sauf le soir quand elle les déroule façon ouvre-boîte en quête de fraîcheur.

Adam, sale lâcheur, j'ai un plan : me faire embaucher par votre voisine centenaire comme auxiliaire de vie. Une fois introduite chez elle, je serai aux premières loges pour votre retour – ce moment où j'entendrai votre porte claquer ! D'ici là, j'aurai le loisir de la questionner sur vous et il sera si simple de vous croiser « par hasard » dans les escaliers, de vous filer, de vous parler, de vous respirer, de me jeter sur vous et de m'introduire chez vous. La seule chose que je m'interdis, c'est de vous chanter la sérénade. Je suis pire qu'une casserole.

Adam, Paris – haut lieu du romantisme – a enfin atteint le potentiel érotique du Mississippi des pièces de Tennessee Williams. Tout y est poisseux et moite, stagnant et irrespirable. Où êtes-vous, nom de Dieu ?! Vous devez être le seul homme sur la planète avec Marlon Brando à bien porter le marcel – de dos, en tout cas. Avez-vous des marcels au moins ? Je vous offrirai des marcels, je vous *obligerai* à porter des marcels, vous m'entendez ?!

Adam, vous allez souffrir. Je vous rendrai la part belle. La première fois que nous ferons l'amour, je ne sortirai pas un son. Pas même un souffle. Vous pourrez me toucher tant que vous voulez, mais vous n'entendrez rien, à part le parquet craquer. Ce sera l'orgasme le plus silencieux de l'Histoire ! D'abord, je pénétrerai chez vous, telle une voleuse, vous vous souvenez ? Je m'amuserai à vous balader dans l'appartement, d'une pièce à l'autre, d'un recoin à l'autre, venant vous narguer pour mieux vous happer dans mon sillage. Je jouerai avec votre peur, Adam, je ferai monter le désir en vous laissant toucher mes cheveux, en collant votre paume ouverte sur mon sein, en haletant dans votre cou, en vous volant un baiser. Et qui sait, peut-être que je vous abandonnerai à votre sort, transi, en filant sur la pointe des pieds ?

Oui, je change le scénario, j'ai tous les droits : pourquoi brûler les étapes ? J'aimerais arriver à vous obséder autant que vous m'obsédez. Vite, je dévalerai les escaliers pour aller me poster à ma fenêtre et épier votre réaction. Sortant de votre stupeur, vous vous demanderez si vous n'avez pas rêvé et là, vous vous prendrez les pieds dans... dans... un foulard embaumant mon parfum, ma plus belle culotte en soie, une de mes chaussures comme Cendrillon ?

Qu'en ferez-vous ? Qu'en ferez-vous, Adam ?

Je n'en peux plus de voir vos fenêtres fermées, rideaux tirés. À ce propos, à quoi vous servent des rideaux ? En avez-vous choisi la couleur ? Connaissez-vous les couleurs ? Avez-vous toujours été aveugle ou avez-vous perdu la vue par accident ou à cause d'une maladie ? Que voyez-vous ? Est-ce l'obscurité totale ? À quoi ressemblent vos rêves ? Les miens sont le plus souvent réalistes et en couleurs justement. Il paraît que ce n'est pas le cas de tout le monde. J'associe des couleurs aux chiffres et aux lettres également. Cela s'appelle la synesthésie. Le prénom que je vous ai choisi est rouge, Adam, comme le « a », rouge feu, incandescent. Est-ce que pour vous aussi la lecture est à la fois peinture et musique ? À chacune de nos rencontres, je vous ferai la lecture – chefs-d'œuvre de la littérature, journal ou simple recette de cuisine – et vous me direz quels feux d'artifice cela fait jaillir en vous.

Alex, étudiant en philosophie, lisait beaucoup, il se gargarisait de concepts, une vraie masturbation intellectuelle, mais il souffrait de cartésianisme, vous savez, Descartes, ce type soi-disant génial qui a décidé qu'on était trompés par nos sens, rendus esclaves par notre corps et qu'il fallait utiliser notre cerveau pour s'élever de ce qui nous rattache à l'animal. Il suffit de voir l'état du monde pour avoir des doutes sérieux sur la supériorité de l'Homme, vous ne trouvez pas ? Conscience ou pas, ça ne nous empêche pas de commettre les pires atrocités, la première étant de traiter nos corps comme des ennemis.

La vérité, Adam, c'est votre main qui va chercher votre tee-shirt entre vos omoplates, l'attrape et le retire d'un geste d'une grâce absolue, révélant le plein soyeux de votre dos, votre nuque, ébouriffant vos cheveux et au passage, bombant un instant votre biceps droit. Telle est la vérité.

L.B. Jeffries

Adam,

En fait, vous ne rentrerez pas : à votre place siège désormais un poulpe, un poulpe géant qui prend ses aises dans votre immeuble, dont les bras visqueux sortent des fenêtres, du porche, attendant de me bouloter. La rue est devenue le prolongement de votre corps. Et chaque fois que je sors de chez moi, je risque ma peau – vous me direz, je frôle déjà l'attaque cardiaque en me préparant. J'ai dû tirer un trait sur l'œil de biche façon Audrey Hepburn, parce que je tremble tellement que ça donne plutôt une version gore d'Amy Winehouse !

Qui aurait cru que je puisse me passer de ce masque que je porte depuis mes quinze ans ? Désormais, j'assume mes yeux de lapin, puisqu'il n'y a plus qu'un regard qui compte… Le vôtre ! Quel paradoxe ! Bientôt, j'aurai peut-être le courage de sortir en pyjama ou les cheveux gras. Mon Dieu, tout cela doit vous paraître tellement absurde !

Adam, j'aimerais que vous me parliez de votre visage : en avez-vous une image mentale précise ? Passez-vous une main dessus le matin au réveil pour en sentir les tours et détours ? Vous trouvez-vous beau, Adam ? Un aveugle peut-il se trouver laid ? Accordez-vous de l'importance à votre apparence physique ? Avez-vous déjà eu un coup de foudre ? Pourriez-vous comprendre ce désir dévorant qui s'est emparé de moi en vous surprenant en train de vous déshabiller ?

Quels sont vos fantasmes, Adam ?

Je vous tends mon visage, je l'abandonne à vos mains expertes – fraîches, chaudes, fines, épaisses, parfumées… moites ? (Argh ! pitié, non.)

Ça y est, j'ai réussi à me mettre en retard. Arriverai-je seulement à sortir ? Ils m'attendent au magasin bio. J'y travaille tous les après-midi. Que faire ? Vous pourriez rentrer d'un moment à l'autre et je ne survivrai pas à notre rencontre.

Chaque jour, en m'installant derrière le comptoir, revêtue de ma camisole en lin bio cent pour cent commerce équitable – qui gratte pire que de la peau de zébu ! –, je ne peux m'empêcher de fixer la vitrine au cas où je vous apercevrais passant dans la rue, ou mieux, entrant dans le magasin. Ce n'est encore jamais arrivé. Vous avez jusqu'à fin août, ensuite je rendrai ma bure sans regret. J'en peux plus de me sentir tel le rhinocéros de Rudyard Kipling dans *Histoires comme ça*, dont la peau s'est décollée sous l'effet des miettes de pain !

Parlons-en de ma peau, Adam, je suis au bord du court-circuit – ce n'est pas pour rien qu'on parle de coup de foudre – et risque l'électrocution à chaque instant ! Je coule, je m'écoule. Assise sur mon tabouret, je croise les jambes en vain, espérant stopper le flux d'amour qui tente de se frayer un chemin jusque chez vous – le poulpe géant finira-t-il par regagner la mer ? Ah ! ah ! La chaleur n'arrange rien à l'affaire. L'utilisation de l'air conditionné ? Même pas en rêve, c'est contre leur politique. La seule façon de retrouver apparence humaine, c'est quand je m'occupe de ranger les arrivages de frais : je remplis les rayons frigorifiques avec autant d'entrain qu'une Tropézienne installant son parasol !

Adam, saviez-vous que les femmes peuvent devenir des rivières ? Que certaines se transforment en fontaine sous l'effet de l'orgasme ? Auriez-vous peur de vous noyer en moi, Adam ?

Entre deux clients – touristes en général, car les Parisiens ont entamé leur migration vers le Sud –, je me fais et refais le film. J'ai beau multiplier les scénarios, ils sont tous catastrophes. En gros, vous entrez dans le magasin, repliant votre canne d'un coup de poignet, telle une arme du futur, un sabre laser articulé… « Le justicier à la canne blanche », ça sonne bien, non ? Bref, réfrénant la pulsion de sauter de mon tabouret pour venir vous aider, je tente de garder contenance en m'occupant d'un Italien au physique ingrat mais à l'accent irrésistible – je reviendrai plus tard sur le pouvoir d'attraction des accents –, clic ! Champagne, clic ! Sorbet fruits de la passion, clic ! Chocolat fourré au praliné, clic ! Framboises fraîches promo de cinq pour cent sur la deuxième barquette… L'en-cas de rêve pour se mettre en appétit, Adam, les bulles qui frétillent, réveillent les lèvres, et moi jouant avec vous, framboises au bout des doigts, frôlant vos narines, titillant votre bouche de ce fruit indécent… Ah ! La succion de votre langue sur mon index, l'envie que vous m'avaliez toute… 32,75 euros *please, Grazie* ! (C'est fou ce que j'ai pu progresser en italien avec ce job !)

Mais revenons à nos moutons, pendant ce temps, vous avez disparu et, paniquée, je vous cherche sur les caméras de surveillance, vous voilà enfin au fond du magasin en train de vous faire moudre du café. Je profite qu'il n'y ait personne à encaisser pour m'approcher, deux paquets de pâtes intégrales à la main, ce qui se révèle être aussi discret que si je m'étais accroché des grelots aux chevilles. Du coup, vous vous retournez et mon collègue de lancer : « C'est pas le rayon nouilles ici ! »

Adam, la première fois que j'ai découvert le mot « fumet », c'était dans la rue, par terre, sur une page de magazine. Il y en avait deux par terre pour être exacte, c'était une double page sur laquelle un homme et une femme illustraient le *Kama Sutra*. Ils étaient beaux, parés d'huile et de bijoux. Mais plus que les photos, c'est le texte qui m'a bouleversée : les amoureux se délectaient de leurs *fumets* respectifs. Dans votre monde dématérialisé, les sons doivent vous percuter d'abord, qu'en est-il des odeurs ? Quelles sont celles qui vous émoustillent, vous réconfortent ou vous repoussent ?

Alex avait une odeur irrésistible. J'aimais respirer jusqu'au CO_2 qui sortait de son nez. Oui, j'étais folle de lui. Chimiquement folle. Molécules en fusion et tout le bazar, mais lui, c'était plutôt Schopenhauer qui le faisait vibrer, jusqu'au jour où j'ai compris son manque d'effusion à mon égard : il préfère les garçons. Le monde m'est tombé sur la tête. On était ensemble depuis trois ans et je n'ai rien vu venir… rien VU. L'aveuglement, Adam, ne voir que ce que l'on veut voir, être amoureuse de l'amour ?

Aimerez-vous mon odeur ?

La pécheresse

Adam,

Vous êtes rentré et votre dos avec vous, Dieu merci ! D'où vient donc le charisme d'une personne ? Comment expliquer qu'elle puisse tant en dégager de l'autre côté d'une rue, par une fenêtre ouverte ? C'est insensé.

Je vous ai photographié – c'est ridicule, je sais. La photo est floue et même en bidouillant lumière et contraste, on ne voit pas grand-chose. Peu importe, je ne l'ai pas prise pour me rincer l'œil, juste pour… l'avoir. Je ne veux plus courir le risque de vous perdre. Comment vous expliquer ces derniers jours à survivre à votre absence ? Je n'ai jamais connu ça, ce manque abominable, cet arrachement, votre appartement noyé dans la pénombre en face, coquille vide me renvoyant à mon sentiment d'abandon.

Avez-vous déjà porté un coquillage à vos oreilles, Adam ? N'est-il pas terrible de se dire que ce ressac n'est autre que celui de notre propre sang ? Mon ressac ressemble plutôt à une tempête, Adam. Je sens votre présence en face. Le rideau de votre séjour s'agite et gonfle, tel mon cœur. Je me sens pleine de vous, secret qui m'illumine de l'intérieur. Des centaines de petits poissons dorés frétillent le long de mes veines.

Petit, avez-vous eu un ami imaginaire ? Le mien s'appelait Grabo – ne me demandez pas pourquoi ! –, c'était un garçon de mon âge qui parlait anglais (ça ne vous étonnera pas). Je dialoguais avec lui dans un mâchouillis sonore censé imiter la langue d'Hollywood, en mastiquant des chewing-gums imaginaires. J'étais déjà attirée par la sensualité des autres langues, des accents. Le frisson de l'exotisme, l'attrait de l'Étranger, cet autre, qui, même dans vos bras, vous échappera toujours.

J'ai un fantasme, Adam, faire le tour du monde en quatre-vingts hommes ! Est-ce que la langue influence la façon de faire l'amour ? Un exemple : je ne peux imaginer un Brésilien obscène ou violent. Coucher avec l'un d'entre eux doit ressembler un peu à manger de la confiture d'abricot à même le pot. Du doux, du sucré, de l'été – soleil, chaleur et farniente.

Oh ! Adam, plus je vous désire, moins je mange et plus je tourne en rond. Quitte à suer, autant descendre au club de gym, me suis-je dit ce matin. Et je l'ai fait, Adam, je suis allée courir sur un tapis comme un hamster sur sa roue. Pour info, je n'y avais pas mis les pieds depuis des mois (depuis que je m'y suis inscrite, pour être exacte). Les bonnes résolutions de début d'année – je devais y aller avec une copine qui a suivi son copain à Moscou (CQFD).

Les yeux fermés, j'étais en train de faire le vide en me concentrant sur mes pieds et ma respiration, quand mon rêve de cette nuit a ressurgi : assise derrière vous à califourchon sur votre canne, nous volions haut dans le ciel, surfions sur des trous d'air. C'était si drôle, jusqu'à ce que je me retrouve attrapée par un nuage, piégée. Niveau sensations, c'était à la fois inconsistant et enveloppant, un peu comme si de la crème fouettée se transformait en sables mouvants, vous voyez ? (Aïe ! tic de langage totalement déplacé.) Alors je commençai à glisser, Adam, à perdre pied, je vous appelai paniquée, avant de chuter sous la pression, tombant à pic, aspirée par le vide. Mais aucun son ne sortait de ma bouche remplie de nuages et vous ne pouviez me voir. Horrible !

Croyez-vous en l'interprétation des rêves ? De quoi sont faits les vôtres, Adam ? Dormez-vous sur le ventre ou sur le côté ? Ah ! Juste observer dans l'obscurité le satin des draps sur votre corps nu, comme si vous étiez à demi immergé dans l'eau d'un lac à la belle étoile. L'innocence de l'abandon, la virilité tranquille de votre corps d'homme.

Et si la sexualité était le véritable chemin vers la sagesse, en ce qu'elle permet la connaissance de soi et procure des sensations sublimes ? Et s'il s'agissait de privilégier le chemin plutôt que le résultat, car tous les chemins peuvent mener à l'extase à condition que le jeu soit partagé.

Un colin-maillard, ça vous dit ? La douce pression du satin noir sur les yeux, j'avance à tâtons, à la merci, à l'aventure, vers ces autres, ces peaux qui exhalent, mi-végétales mi-animales. Je perçois le frou-frou des robes dans les allées d'un jardin à la française, le froissement de l'herbe, les rires. Où êtes-vous ? À vous, on a enlevé la canne, mais forcément, vous avez un temps d'avance. Et comme je suis jalouse, je glisse un œil hors du bandeau pour m'assurer de vous croiser... sur mon chemin.

Je cours, je cours sur ce foutu tapis pour vous rattraper, je cours. Ça libère, l'air de rien, ça détend. Ma queue de cheval me donne des airs de Lara Croft. Je tente des regards à droite et à gauche : que des dieux grecs moulés dans leurs tee-shirts, écouteurs aux oreilles. Pas une seule fille ! Six hamsters sur leur roue, dont moi. Détail intéressant : ils vous ressemblent comme des frères. Que ferait une femelle hamster à ma place ? Je lève les bras, m'ébroue, espérant un lâcher de phéromones. Aucune réaction. Ils continuent à courir, seuls, face à leurs écrans. Alors Adam, je décide de prendre les devants. Sans ralentir le rythme, je me mets à l'aise, retirant ma tunique, libérant mes cheveux qui viennent me caresser le dos, comme vos doigts, Adam, comme vos doigts…

Il est 21 h 31 à ma montre, 21 h 32 sur mon mobile, bientôt vous apparaîtrez… De l'air ! La fenêtre est déjà ouverte et le ventilo à fond. M'entendrez-vous jouir, Adam ? C'est plus beau en anglais, *to come*, venir. Je viens à vous, Adam, je suis… *en chemin*.

Une possédée

Adam,

Paris vide me laisse tout le loisir de vivre en ermite sans éveiller les soupçons. Bon, il a bien fallu que j'aille prendre un verre avec ma copine Léna hier soir. Elle prépare le barreau et la pauvre ne prévoit pas de partir en vacances avant d'avoir gagné son premier procès ! Pour la sortir de sa chambre de bonne, où elle cuit pire que dans un sauna sous les toits en zinc, je l'ai emmenée voir *Vertigo* de Hitchcock au Champollion, mal traduit en français par *Sueurs froides*. On y retrouve mon James Stewart à la diction chuintante, un peu bégayante, irrésistible, et Kim Novak qui incarne la femme fatale : tomber amoureux d'une personne qui n'existe pas, qui a été inventée de toutes pièces, n'est-ce pas ce que nous faisons tous, Adam ?

Elle interprète la brune Judy, terrestre, et la blonde Madeleine, fantasme ambulant. Inutile de vous dire de qui Scottie-James Stewart tombe raide dingue. Pour moi l'une des plus belles trouvailles, c'est le chignon de Madeleine, ce chignon en forme de spirale, symbole à la fois du désir et du vertige qu'il provoque – le malheureux Scottie souffrant déjà de vertige, son obsession amoureuse ne peut qu'avoir une issue fatale.

La scène où Madeleine sort de sa chambre à coucher, vêtue de la robe de chambre bordeaux de son sauveur – qui vient de la repêcher dans la baie de San Francisco –, chignon défait, telle une auréole, et où elle lui demande : « Qu'est-ce qui s'est passé ? Qu'est-ce que je fais ici ? » Et où il lui répond : « Eh bien, vous êtes tombée à l'eau. J'ai séché vos cheveux le mieux que j'ai pu*. » On se prend à défaillir en pensant à l'état de Scottie approchant une main tremblante vers la chevelure de la belle dans tous ses états (énamourée elle aussi, en fait) : ou comment contourner la censure puritaine et réaliser l'une des plus belles scènes érotiques de l'histoire du cinéma.

Aimez-vous les cheveux longs, Adam ? J'avoue, je vous ai menti. Prise de rage et de désespoir après la révélation d'Alex, j'ai eu besoin de changer de tête – ou de me la couper, plutôt ! Pendant que la coiffeuse tranchait dans l'épaisseur au niveau de la nuque, j'entendais mes problèmes agoniser sous les ciseaux, scritch scritch : soudain, l'impression de peser le poids d'un nouveau-né. Ensuite, je suis entrée en sifflotant à la boulangerie et la vendeuse s'est exclamée : « Ça vous va bien cette coupe à la garçonne ! » et là, j'ai fondu en larmes : avais-je juste tenté de me transformer en garçon – dans l'espoir inconscient de reconquérir celui qui venait de me quitter ?

C'était le 15 avril dernier, Adam, les deux coups de 14 heures venaient de sonner à l'église, tel un glas. Rentrée plus tôt car mon baby-sitting avait été annulé – je garde des enfants à l'année pour survivre. Je ne suis qu'une pauvre étudiante –, j'ai trouvé deux paires de baskets dans l'entrée, dont une que je ne connaissais pas. Même marque, même pointure a priori, juste la couleur changeait. J'ai posé mes affaires, ai jeté un œil dans le salon, personne, dans notre minuscule cuisine, pas un chat. Vous avez deviné, Alex était au lit avec un autre garçon. La suite, vous la connaissez, j'ai été « sauvée » par G. et ses cookies. Je mets des guillemets car des bras accueillants et une indigestion de cookies ne sauraient être des remèdes miracles quand votre première histoire d'amour part en fumée et que vous vous sentez terriblement stupide, car tout était devant votre nez, une foule de petits signes, des gros aussi – pas de pelotage de seins en trois ans, ni de cunni, le désert niveau orgasme… C'est fou, non, ce que les gens sont prêts à faire pour rester *aveugle* !

Adam, vous êtes l'élu, le véritable voyant. Entendez le bêlement déchirant de votre brebis égarée et ramenez-la dans le droit chemin à l'aide de vos bras vigoureux !

Pendant le film, j'ai bu chaque plan, chaque parole, chaque regard, chaque silence avec encore plus d'intensité que d'habitude. À cause de vous, Adam : quelle torture divine, vous savoir insaisissable et pourtant à portée de main de l'autre côté de la rue ! Léna a cru que j'avais une cystite* tant je me trémoussais sur mon siège : le big-bang à côté de ce qui se passait en moi, c'était rien !

Après la séance, les yeux encore baignés des tons saturés du film, comme si j'étais restée dans l'écran aquarium, je flottais dans un entre-deux délicieux, quand Léna a explosé : « J'ai détesté ! Jouer les objets de désir par amour, se refaire modeler par un mec, c'est quoi ce délire ? Ce film est juste un ramassis de clichés machistes ! » Et elle s'est mise à surfer sur Ton Mec En Un Clic. Voyant que je souriais, elle a rétorqué pour se défendre : « J'ai pas le temps d'aller faire la tournée des bars, moi ! » Le sourire, c'était juste un masque. À l'intérieur, deux questions tournaient en boucle dans ma tête : cette spirale que je devine dans vos cheveux, Adam, c'est un épi ou de l'amour en devenir ? *Amour*, vraiment, que vient faire l'amour dans cette histoire et pourquoi ce mot revient-il si souvent dans cette lettre ?!

En amie déplorable que je suis, je l'ai laissée en plan devant l'arrêt de bus. Pour y voir plus clair, j'avais besoin de marcher... Adam, pauvre de moi, je passe mon temps à faire des métaphores visuelles. Réapprenez-moi à parler, Adam ! Entre vos bras, je serai novice jusqu'au bout de la langue !

Aurais-je la patience de jouer les Raiponce en laissant pousser mes cheveux pour les balancer jusqu'à vous par la fenêtre ouverte ? Connaissez-vous le poème *La Chevelure* de Baudelaire ? Je crois que notre poète national aurait adoré Hitchcock.

Me voici transformée en tour fortifiée et vos doigts impatients s'affairent à libérer mes boucles de leur corset d'épingles. Votre souffle sur mon front, Adam. Et la surprise après l'épreuve : la légèreté d'un déshabillé en soie que je ferai choir d'un mouvement d'épaules.

Hitch'

* Pour les puristes :

"What I'm doing here? What happened?"

"Well, you... fell in the San Francisco Bay. I... I had to dry your hair the best I could. Your things are in the kitchen, they'll be dry in a few minutes. Come on over by the fire."

* Cystite : un truc pas drôle qui arrive aux filles et qui leur fait regretter d'avoir une vessie.

Adam,

Quelque chose m'intrigue, vous disparaissez parfois pour la journée, et je vous vois rarement sortir de l'immeuble, même le lundi, mon jour de relâche au magasin. Où vous cachez-vous ? Votre appartement est-il un dédale de couloirs et de chambres côté cour ? Y a-t-il une porte de sortie dérobée qui donne sur le boulevard ? Que faites-vous, Adam ? Je donnerais cher pour connaître votre métier : êtes-vous avocat, ébéniste, interprète, saxophoniste, accordeur de piano... chômeur (ce qui serait une aubaine, car on aurait du temps, plein de temps !) ?

Et quel est votre prénom ? Appuyée sur mon balcon, à braver les fientes de pigeons, je me projette encore et encore sous votre porche à déchiffrer les étiquettes sur les boîtes aux lettres. Je ne laisse rien au hasard. On dirait que je me prépare à braquer une banque. Combien de fois ai-je failli pousser la porte de votre porche vert ?

Adam, je veux vous connaître.
Adam, j'ai peur de vous connaître.
Adam, Adam, Adam, qui êtes-vous ?

Et si j'allais sonner chez vous et que je tombais raide asphyxiée par votre haleine de poney ? Et si vous aviez une voix ridicule ? Et si, de face, vous étiez pire que Quasimodo ? Et si vous étiez antipathique ? Et si vous étiez un tueur en série, une sorte de Barbe bleue occupé à séquestrer des femmes dans la pénombre de votre appartement ?

« Regarde-moi ! » crieriez-vous à vos victimes tétanisées, piégées après vous avoir aidé à monter vos courses. « À quoi je ressemble, hein ? Dis-moi à quoi je ressemble ! Décris-moi, si tu veux vivre ! Mes yeux, ils sont de quelle couleur ? » Puis vous leur arracheriez les leurs en sortant les bulbes de leurs crânes à mains nues. Chez vous, dans votre penderie, des paires d'yeux dans du formol. Des dizaines, des centaines d'yeux innocents, ahuris, effrayés, à jamais grands ouverts sur le néant, vous fixant, accusateurs. Face à l'inertie de la police, je déciderais de vous démasquer en jouant les proies pour me retrouver… sous l'emprise de votre charme.

Où le charme d'un homme va-t-il se loger, Adam ? Dans l'épaisseur protectrice d'une épaule, dans l'arrondi affûté d'une pommette, dans une fossette de menton volontaire adoucie par le charnu d'une bouche, dans l'asymétrie de son sourire, dans la broussaille de ses sourcils ?

J'aimerais être votre tee-shirt, Adam : passer mes journées à me caresser à votre torse (velu ?), lui faire l'amour encore et encore, l'excitation montant avec la sueur, et mourir en un dernier orgasme paroxystique sur le carrelage de votre salle de bains.

Adam, je prie pour que l'hiver arrive, qu'une nouvelle ère glaciaire s'abatte d'un coup sur l'Europe et me sauve de la démence. Y a-t-il un terme à l'excitation sexuelle, Adam ? Jusqu'à quand les chutes du Niagara ? Frappée, secouée de toutes parts, je tente de me maintenir à la surface, mais le courant est trop fort et le bruit assourdissant. Je ne m'entends plus, Adam, seul le sang gronde dans mon corps surchauffé, tandis que je vous regarde avec mes jumelles. Oui, je les ai enfin retrouvées dans des affaires d'Alex, un sac qui l'attend encore dans la penderie de l'entrée.

N'est-ce pas dans la logique des choses ? Cette société nous pousse à devenir des voyeurs paranoïaques. Nous sommes dans le viseur partout et tout le temps, dans la rue, dans le métro, sur internet. C'est donc la faute à la société, Adam. Et si une petite voix me dit que j'ai franchi les limites en vous espionnant, vous, un non-voyant, eh bien, j'ai une réponse, Adam : c'est votre faute ! Fallait pas laisser votre beauté s'exposer à la vue de tous.

Un aveugle peut-il craindre qu'on lui vole son image ?

Quoi qu'il en soit, j'ai pris mon petit-déjeuner « dans votre séjour ». Vous n'étiez pas là ou pas encore levé. Je parie que vous n'êtes pas un matinal. Par la fenêtre entrouverte, j'ai aperçu une table ronde foncée, probablement en bois, sur laquelle j'ai identifié un bloc de feuilles à dessin spiralé : dessus, un croquis aux couleurs vives – du vert, du rouge, du jaune – posées en aplats épais (avec les doigts ?). Abstrait ou figuratif, je ne saurais dire. J'aurais préféré tomber sur des documents administratifs. À côté, il m'a semblé reconnaître un ordinateur portable noir. Les deux appartenant sans doute à un ami de passage.

À noter : ou bien cette personne vient d'arriver ou bien elle n'est pas très portée sur l'hygiène, car elle n'a pas mis les pieds dans la salle de bains depuis hier*.

Il y a deux chaises design visibles autour de la table. Sans doute du parquet au sol. Vos rideaux bleu pâle semblent être en lin, la trame du tissu est apparente. Je n'ai pas quitté ma place de la matinée, à part pour aller faire pipi et me resservir un bol de corn-flakes aux fruits rouges. Ça creuse de rester aux aguets, faut pas croire ! À 11 h 30, j'ai dû me résoudre à me préparer. Mais là encore, j'ai trouvé le moyen de me laver les dents, jumelles au nez, en crachant dans mon bol. Heureusement que j'ai jeté un œil à mon reflet dans l'ascenseur, car je ressemblais à un chien enragé, dentifrice au coin des lèvres.

Comment fait donc un aveugle pour ne jamais sortir avec de la sauce tomate sur la joue ou de la mousse à raser sur le lobe de l'oreille ?

L'enragée du 42

* Me vient une autre possibilité : vous avez une deuxième salle de bains qui sert à vos invités et à vos victimes !

Adam,

Vous êtes constellé de taches de rousseur sur les épaules ! Comment l'aurais-je su sans mes lorgnettes ? J'ai pu aussi vérifier cette spirale que vous avez dans les cheveux qui s'enroule comme un point d'interrogation et vous fait un épi adorable. Et n'allez pas me dire que tout le monde a des épis !

Adam, vos cheveux sont encore plus foncés de près, on dirait du marc de café. Savez-vous que je sais lire dans le marc de café ? Je vous ferai un vrai café à la turque, Adam, comme ma grand-mère me l'a appris. J'ai hérité de sa cafetière lourde, argentée et ciselée. Elle sera froide sous vos doigts avant qu'on ne la pose sur la gazinière et que s'échappe, tel un djinn, le parfum le plus suave au monde, qui éveille et réconforte à la fois. Avez-vous déjà goûté un loukoum, le plus ancien bonbon au monde – un petit cube moelleux à l'essence de rose qui renferme le croquant d'une noisette ou d'une pistache, un orgasme* gustatif ?

C'est ainsi que j'ai appris à embrasser, Adam. Pas avec un loukoum, mais avec un vulgaire bonbon à la menthe. J'étais tétanisée à l'idée d'embrasser un garçon. J'avais quatorze ans et jamais chatouillé le palais d'aucun d'entre eux, seulement échangé des baisers légers, des bécots, lèvres fermées, pincées. Et pour cause, j'ai porté des bagues pendant un moment. On m'appelait « Les dents de la mer » ! Les adolescents sont sans pitié. Vous devez le savoir mieux que personne.

D'ailleurs, que deviennent les stars de la classe après le lycée ? Vous savez, ceux qui ont leur cour et dans laquelle vous seriez prêt à tout pour entrer. Avez-vous fait partie de ce genre de clubs, Adam, ou avez-vous toujours été un électron libre ? Moi, j'étais trop indépendante et farfelue pour me fondre dans la masse, mais je rêvais en secret qu'une des stars me fasse des avances. Ce n'est jamais arrivé !

Il y a différentes catégories de stars : les premiers de la classe (qui peuvent se révéler populaires s'ils ont du charisme), les cancres (pas forcément ceux qui affichent des zéros sur leur bulletin, mais ceux qui n'ont rien à faire du système, les futurs artistes, dont on meurt d'envie d'imiter le style), et puis ceux qui ont un temps d'avance sur vous, qui sont déjà en couple par exemple, et se sont promis fidélité depuis l'âge de douze ans. Cela a quelque chose de fascinant de les voir se tenir par la main, chacun avec la moitié du cœur de l'autre autour du cou, partageant le même lit le week-end avec le consentement de leurs familles. Que sont devenus Kevin et Latifa, qui prévoyaient de se marier et d'élever leurs enfants chez leurs parents le temps de finir leurs études ?

Vous m'imaginez à côté avec mes bagues et mon complexe du *French kiss* ? Sans oublier le coton avec lequel je bourrais mon soutien-gorge, sur lequel je prenais soin de rabattre mes cheveux, très longs à l'époque, une fois habillée, pour cacher ma poitrine au cas où la supercherie se serait vue !

Je me souviens de panneaux publicitaires pour une marque de lingerie, des corps de femmes anonymes, de dos quand il s'agissait de vanter un string ou carrément décapitées de face pour mieux vendre un soutien-gorge en dentelle. Noir et blanc, léché, esthétique. Chaque affiche était une leçon d'érotisme. Du genre « Leçon 112 : faites-le tomber dans vos bras », et on a les yeux pile dans le décolleté parfait d'un mannequin lingerie. Chaque fois que je passais devant, je me disais : « Leçon 1 : ne perds pas tes cotons s'il te pelote ! », ou les mauvais jours : « Leçon 1 :

fais ton deuil, cocotte, tu ne seras jamais une femme ! » Je ne suis jamais allée plus loin que la leçon 1 !

Vous êtes plutôt fesses ou poitrine, Adam ?

En tout cas, les deux ombres douces en forme de virgule au-dessus des vôtres de fesses ne demandent qu'à connaître mes doigts. C'est ainsi qu'elles apparaissent avec les jumelles. Souvent, voir n'avance pas à grand-chose – vous souriez ?

À trop *voir* de bustes parfaits sur des affiches, des actrices au visage et au corps retouchés – par leur chirurgien d'abord et par Photoshop ensuite –, on en vient à tous vouloir ressembler à des cupcakes. Vous avez déjà goûté à cette pâtisserie américaine, Adam ? Terriblement appétissante en apparence, mais une fois croquée, on a l'impression de mâcher une motte de beurre !

L'apparence a pris le dessus, Adam. Nous sommes tous des Marilyn faisant l'amour à l'objectif de nos téléphones pour s'envoyer en l'air virtuellement avec le reste du monde. Parce que commencer sa journée avec des likes, ça donne la pêche. Marilyn est morte seule, piégée dans son corps de rêve usé par les abus, mais tout le monde s'en fout. Ce qu'on voit, c'est le désir qu'elle suscite encore. Ce qu'on voit, Adam, ce sont les likes, au point de mourir en tentant de prendre le selfie du siècle.

Vous avez sûrement entendu ces faits divers à la radio. Y a-t-il mort plus ridicule ?

Je vous *like*, Adam.

Adam, sauvez-moi de ma propre myopie ! Je suis passée de mon écran de téléphone à votre fenêtre, suis-je en bonne voie ? Pardonnez-moi d'être une fille comme les autres. Parce que voilà ce que je pense là, tout de suite : si dans un futur proche, les imprimantes 3D permettent de donner vie aux photos, alors je m'enverrai à vous, Adam, et j'inonderai votre appartement de moi en miniature dans toutes les positions possibles et imaginables.

La pastille à la menthe, donc. Eh bien, vient un jour où on vous tend une perche – pas pour vous noyer comme mon maître nageur d'école élémentaire, qui avait décidé de nous faire goûter aux joies de la plongée avant de nous avoir appris à nager, passons. Car, à quoi bon aller en soirée si vous ne pouvez pas rouler des patins à tout le monde, voire plus si affinités ? Il fallait donc remédier à ce complexe en prenant le risque d'être ridicule – embrasser sa baignoire a des limites et c'était trop tard pour le tuto entre copines, j'aurais dû avouer que malgré mon grand âge, je n'avais jamais embrassé, même pas mon cousin.

Le problème, Adam, c'est qu'il n'est pas toujours bon d'être une romantique doublée d'une cinéphile. Dans tous ces chefs-d'œuvre du septième art, les héroïnes – aussi grande gueule soient-elles – finissent toujours le bec fermé par un baiser. Entendons-nous bien, qu'elles ont désiré, mais qu'elles ne sont pas allées chercher. La fille quémande du regard et le garçon approche et la satisfait en lui faisant limite un coup du lapin. Pourquoi ? Parce que la sexualité des femmes fait peur, Adam, rien de pire qu'une femelle en chaleur lâchée dans la ville. Vamp et vampire, c'est le même mot. Adolescente, j'ai lu beaucoup sur le sujet, fascinée par le pouvoir de ces personnages féminins sublimes et libres, se déjouant des codes sexistes. Prenez garde, un de ces soirs, je pourrais bien escalader votre balcon pour venir vous dévorer tout cru ! J'ai faim de vous, Adam. Et ce mois-ci mon ovulation correspond à la pleine lune, autant dire que je ne répondrai de rien.

Bon, à l'époque, j'étais timide, complexée et Arthur m'a vraiment ôté une épine du pied. Ce soir-là, on s'est fait toute la boîte de pastilles, planqués derrière le canapé. Il m'a avoué ensuite que j'étais sa première. Ce soir-là, j'ai compris que les garçons aiment bien aussi qu'on leur penche la tête en arrière.

Et vous, Adam, l'avez-vous déjà fait : envoyer votre visage, votre torse, vos fesses ou plus à une femme ?

Avec le cadrage aléatoire, ça pimente les choses, ça les rend encore plus transgressives. Vous voulez connaître ma réponse, Adam ?

Vous la découvrirez via un message audio : vous entendrez l'atmosphère bruyante d'une brasserie – conversations, percolateur, vaisselle qui claque sur le bar – et je vous inviterai à me suivre aux toilettes en vous décrivant ma tenue, jean et rien sous le tee-shirt. Je vous chuchoterai tout bas ce que je veux de vous, prenant à témoin une femme bon chic bon genre en train de se laver les mains à côté, qui me jettera des regards outrés dans le miroir, n'en croyant pas ses oreilles. Une chasse d'eau retentira, une porte s'ouvrira, laissant sortir une touriste néerlandaise de deux mètres. Je m'enfermerai sentant mon sexe palpiter contre le jean serré – les habits font parfois la moitié du travail – et le déboutonnant, je prendrai votre bouche, Adam, je guiderai vos mains sur moi, vos doigts en moi et MON plaisir montera en VOUS jusqu'à NOUS faire exploser.

La vamp d'en face

* Orgasme : oui, la nourriture peut causer un plaisir intense.

Adam,

Je cache mes lettres dans ma boîte à plaisir, elle-même placée dans ma penderie entre deux pulls d'hiver. Dedans : un sex-toy rose pailleté tout neuf senteur vanille offert par Alex pour mon anniversaire l'année dernière (à ma demande), des préservatifs, une huile de massage à l'ylang-ylang et des chewing-gums à la cannelle (qui n'ont rien à faire là).

Le vibromasseur, j'ai eu un tel fou rire quand on a voulu l'essayer qu'on l'a planqué sous un coussin, à la grande déception d'Alex. Le truc rose, énorme, bougeait dans ses mains et soudain, j'ai pensé à *Barbapapa*, que les enfants que je garde aiment regarder en boucle. Chacun des personnages peut se transformer selon les situations : « Dans ce nouvel épisode, Barbapapa sur la planète olé-olé. »

Intérieur nuit. Barbotine, l'une des filles de la famille, réveillée dans son lit à cause d'une envie pressante, se rend dans la salle de bains. Elle pousse la porte et découvre son père sous une forme pour le moins inhabituelle :

« Oh ! Barbapapa, tu es transformé en quoi ?

– En sex-toy, Barbotine, pour Barbamama, car le plaisir des femmes ça compte aussi. Maintenant, retourne te coucher. Demain, y a école ! »

Adam, êtes-vous un adepte des canards en plastique ?

Vous allez croire que je passe ma vie dans mon bain, mais pour une fille, c'est un lieu idéal d'exploration. D'abord, on y est nue, ensuite, on y est bien. Je m'explique : on est en apesanteur – n'importe laquelle d'entre nous aimerait supprimer le mot « poids » de la langue française –, on est planquée sous la mousse – ce qui évite de se regarder de trop près –, la chaleur nous ramollit les neurones et l'eau éveille nos sens, bref, un cocktail idéal pour se transformer en sirène nymphomane.

Saviez-vous qu'un grand nombre de femmes pensent encore que le clitoris est un objet contondant cousin du tournevis ? Je ne rigole pas, Adam, et les livres d'anatomie n'ont pas aidé jusqu'ici en « oubliant » de le mentionner. Soyons honnête, une femme qui ne connaît pas son corps a de fortes chances de préférer le parachute ascensionnel, Kant ou la glace au chocolat à une partie de jambes en l'air !

À croire qu'entre nos jambes, c'est le triangle des Bermudes. Non, pas de trou noir pourtant, mais un vagin fleur d'un beau rose, qui sécrète un précieux nectar. Où sont passés les explorateurs, Adam, les vrais, que l'inconnu excite ? Venez et tâtonnez, tel un bourdon saoul de pollen.

Maintenant que j'y pense, je crois que l'inconnu et le tâtonnement n'ont plus la cote. De là vient peut-être l'engouement pour les sex-toys. Oh ! Adam ! Emmenez-moi loin, chez les Papous, dans des contrées où l'on ne connaît pas les mots « efficacité », « rapidité », « résultat », emmenez-moi loin, chez vous, au fond de votre lit, explorons nos corps, découvrons de nouveaux territoires, surfons sur nos vagues déchaînées, faisons naître des aurores boréales ! Et le seul ronronnement proviendra du ventilateur ou… de votre chat.

Avez-vous un chat, Adam ?

Mais j'en reviens au bain. Dans toute baignoire qui se respecte, il y a un pommeau de douche avec jet. Comment expliquer alors que tant de femmes ne sachent toujours pas localiser leur clitoris ? Une explication possible : le verrou de porte de salle de bains est passé de mode.

Y a-t-il des portes chez vous, Adam ? Les laissez-vous ouvertes ou les avez-vous fait retirer ? Connaissez-vous la pudeur ?

Vous savez, c'est amusant, munie de mes petites jumelles, je ne tenais pas en place en attendant ce moment où, dans votre salle de bains justement, vous vous retourneriez après avoir retiré votre tee-shirt à la manière d'un mousquetaire retirant sa cape. J'attendais, ventre noué, ce moment où vous me feriez face et je ne sais pas ce qui m'émoustillait le plus : de découvrir votre visage ou vos parties génitales. Quoi qu'il en soit, j'ai baissé mes jumelles avant.

Adam, votre dos me suffit. Je peux voyager sans fin dans la constellation de taches de rousseur sur vos épaules, faire du toboggan le long de votre dos cambré, croquer le haut de vos fesses comme un fruit mûr.

Vous savez, je n'ai plus besoin de faire le pied de grue de peur de vous louper. Je vous sens, Adam. Où que je sois dans mon appartement, votre corps m'appelle de l'autre côté de la rue, tel un aimant, un soleil. J'arrête soudain ce que je fais et je me laisse guider par cette force qui émane de vous – et n'allez pas me dire que j'ai une horloge interne, hein ? Il est d'ailleurs fort probable que tous les jours, vers 21 h 40, tous les voisins de ma façade arrêtent net ce qu'ils sont en train de faire et viennent se planter à leurs fenêtres comme des tournesols, tournés vers vous, hypnotisés, tremblants de désir.

Aaah ! S'il ne faisait pas si chaud, j'irais prendre un bain. Ce qui me fait penser à la plaque de glaçons dans le congélateur : quoi de plus sensuel que la douce brûlure d'un glaçon sur la nuque, les lèvres, le sentir se liquéfier en grésillant, provoquant frissons et soif…

J'ai soif de vous, Adam.

Pourquoi n'ai-je pas appris les secrets du jet à intensité variable à mes deux myopes – Alex et G. : de peur qu'ils ne puissent égaler mon plaisir solitaire ? Parce qu'il y a des jeux qu'on ne souhaite pas partager ? De peur qu'ils me prennent pour une *sex addict*, qu'ils soient dépassés, qu'ils complexent ?

Adam, serais-je encore un peu malgré moi « la fille qui penche la tête en arrière » ?

Un brin d'herbe entre les pavés

Adam,

Tout s'est bousculé aujourd'hui.

Soudain, vous étiez là, adossé à votre balcon, de FACE. Mes oreilles se sont mises à bourdonner, mon cœur était à deux doigts de lâcher, j'allais m'évanouir quand deux bras arrivés de nulle part m'ont retenue : G. venait me rendre les clés, enfin pas vraiment, plutôt proposer de faire la paix afin de se réinstaller dans sa bonne vieille chambre et profiter ainsi de la cuisine équipée, indispensable à ses rêves de pâtissier – il squatte chez un copain qui a un micro-ondes mais pas l'eau courante.

En reprenant mes esprits, j'ai eu – je l'avoue – un geste un peu brusque en le poussant pour reprendre la scène là où mon émotion m'avait submergée, je me suis redressée, j'ai regardé chez vous, la main en visière à cause de la réverbération du soleil, mais vous n'étiez plus là. Une femme de marin n'aurait pas fait mieux, clignant des yeux vers l'horizon, cherchant à retenir par la force de la pensée le navire de son homme, en vain. Même les rideaux flottant doucement me rappelaient des voiles.

Adam, supporteriez-vous d'avoir ma mort sur la conscience ? Car, croyez-moi, je m'arrangerais pour vous coucher sur mon testament, qu'on vous remette mes précieuses lettres enroulées dans du joli fil doré. Non, à bien y réfléchir, il vaudrait mieux que je prépare mon coup en les enregistrant ou en les faisant traduire en braille, bien empaquetées avec ce petit mot :

« Cher voisin d'en face, si ce paquet vous parvient, c'est que vous avez eu raison de moi. Motif du décès *(cochez la mention adéquate)* :

1- a succombé à une insolation en prenant racine sur son balcon dans l'espoir de vous apercevoir.

2- s'est écrasée comme une crotte en bas de l'immeuble en prenant son envol à la fenêtre pour vous rejoindre (probable effet du soleil sur la caboche là encore).

3- son cœur n'a pas résisté à votre apparition de face… »

Adam, à ma connaissance, vous êtes le seul homme aussi attirant de dos que de face. Vous feriez la joie du

Livre des records : « Adam, le phénomène qui tombe les femmes sur 360 degrés. »

G., l'épaule un peu endolorie à cause de mon coup, m'a sorti le grand jeu, pas rancunier pour un sou, m'installant sur le canapé, me surélevant les pieds sur la table basse. Écrasée sous le poids d'une serviette dégoulinante, je faisais tout pour rembobiner le film, vous revoir sur le balcon, chemise blanche ouverte, remontée aux coudes et parsemées de taches multicolores, du rouge, du jaune... du vert ?

« T'as des papillons devant les yeux ? » m'a demandé G., enchaînant après ma dénégation de la tête : « Des taches noires ? » Là, j'ai eu un temps d'arrêt : « De toutes les couleurs », ai-je dit parce que je pensais tout haut. Il pianotait sur son mobile. « Hou là là ! C'est pas bon ça, d'après ce qu'ils disent sur ce site, a-t-il répondu. Possible AVC. » J'ai descendu un peu plus la serviette sur mes yeux pour faire abstraction de ses inepties et les taches sont revenues, je veux dire, vous en blanc, tout taché. Ces trois couleurs, je les avais vues sur la table de votre séjour, sur le... Soudain, ça a fait tilt, j'ai bondi du canapé, G. en a lâché un cri et son téléphone, je me suis approchée de la fenêtre, sourire aux lèvres, comme une démente, et j'ai entendu dans mon dos : « Tout va bien, ça va aller, je suis là, je sais, ta vie c'est de la merde mais je suis là, tu vois, je suis revenu, j'ai senti que tu avais besoin de moi, écoute ma voix, ça va aller… » Alors une partie de mon cerveau a compris qu'on était dans le quiproquo jusqu'au cou, mais l'autre n'avait pas une minute à perdre en explications. La brise jouait doucement dans vos rideaux en lin qui s'écartaient pour m'inviter à entrer, à pénétrer plus avant dans votre séjour, à fouler votre parquet, à longer le couloir et à entrebâiller une porte pour vous voir enfin sous votre vrai jour (car il ne s'agit pas d'une nuit) : Adam, vous peignez !

Je savais que vous étiez un être EXTRAORDINAIRE.

Que peignez-vous, est-ce abstrait – pointilliste ou tachiste à la Pollock –, figuratif ? Comment faites-vous pour choisir les couleurs, les retrouver sur la toile ? Travaillez-vous d'instinct à la manière des surréalistes ? Préférez-vous le pinceau ou les doigts ? Avez-vous déjà peint d'après nature, Adam ? Aimez-vous les nus, les nus féminins ?

Devant votre porte, il y aura écrit : *sonnez puis poussez la porte* comme chez le médecin, ce qui me donnera instantanément envie de faire pipi. J'entrerai dans votre royaume comme Armstrong posant la première fois les pieds sur la Lune, en légère lévitation – a-t-il eu envie de faire pipi, lui, sous sa tenue de cosmonaute, d'où ses pas hésitants ? Tout sera blanc, lumineux, silencieux. Seul un frottement se fera entendre, celui de votre brosse contre la toile, alors je suivrai ce bruit jusqu'au fond du couloir où je glisserai un œil dans l'embrasure de la porte. Là, une fille nue, bandeau sur les yeux et enduite de peinture bleue, sera en train de se rouler sur une toile à même le sol – non, ça c'est Yves Klein.

Utilisez-moi comme un pinceau, Adam, plongez-moi dans toutes les couleurs de l'arc-en-ciel, faisons l'amour sur une toile géante ! Nous en ferons une série intitulée « L'amour à bras-le-corps » et de riches collectionneurs nous en donneront des millions. Je deviendrai votre muse, Adam. Interviews et invitations à des foires internationales pleuvront. *Gala* titrera : *Le peintre aveugle qui a rendu à la peinture ses lettres de noblesse.* Et ce sera moi la noblesse, Adam, (enfin surtout les lettres), moi, mon corps de femme, ma peau, mes seins, mes poils (vous et Courbet, même combat !). D'ailleurs, il y aura une dimension sensorielle dans vos tableaux : on pourra les toucher et les sentir – les lécher aussi pour y ajouter un côté éphémère tellement prisé de nos jours. Peut-être même nous amuserons-nous à mélanger les pigments avec des substances illicites ?

Tandis qu'on accrochera nos toiles géantes, votre voisine de salle ira installer son œuvre interactive VIRTUE-L*, qui invitera chaque personne de sexe féminin à s'envoyer en l'air à l'aide de lunettes 3D et de capteurs. Le message étant : la pénétration c'est has been, les hommes aussi, vivez avec votre temps, prenez un robot. Bref, tout le contraire de notre démarche. Et nous serons enchantés que des milliers de langues détruisent nos œuvres et boudent sa création : nous serons les nouveaux Adam et Ève. Avec nous, l'humanité sera sauvée.

Si j'aime la pénétration ? J'aime l'idée d'une imbrication, comme si le sexe était un puzzle. J'aime l'idée qu'un couple l'un dans l'autre fusionne. Y en a-t-il vraiment un qui pénètre l'autre ? Allongez-vous, Adam, que je vous montre, que je vous... monte.

À ce moment-là, G. m'a plaquée au sol, manquant de me faire sauter une dent. J'avais complètement oublié sa présence. Je me suis mise à lui taper dessus (c'est qu'il m'avait fichu une sacrée frousse). « Arrête tes conneries ! Je te laisserai pas te foutre en l'air ! » hurlait-il, ce qui a eu l'effet de rameuter tout le quartier sauf vous. On a rampé vers l'intérieur de la pièce, hors de vue des regards indiscrets et j'ai éclaté de rire, ce qui n'a fait qu'augmenter l'anxiété de G. qui s'est mis à chercher des yeux son téléphone pour appeler les pompiers. Alors j'ai pris sur moi (j'en avais mal aux côtes) et je lui ai dit : « Faut qu'on parle. » Il a ouvert des yeux grands comme des soucoupes. Puis j'ai ajouté aussitôt pour noyer le poisson : « Mais avant, faut que je mange, j'ai la dalle. Pas toi ? » Là, il a souri : mon esprit avait, selon lui, enfin regagné mon corps. Et il a disparu à la cuisine.

La muse de Chaillot
(très muse, un peu folle… à cause de vous !)

* Jeu de mots entre *virtue* – « vertu » en anglais – et L – elle.

Adam,

Il pleut des cordes. Je viens de rentrer du magasin avec mon dîner sous le bras – raviolis frais ricotta épinard, lait d'avoine aux noisettes (addictif) et mousses aux deux chocolats, récupérées pour rien car la date de péremption est aujourd'hui. Possible que j'en déguste sagement une pour le dessert ou que je mange la totale et garde les raviolis pour G. qui n'est pas encore rentré. Oui, il dort à nouveau dans sa chambre et je ne sais pas encore comment le faire décamper. D'autant que le montant du loyer n'est pas donné.

J'en profite pour me ruer sur une feuille et un stylo et m'installer à la table, face à vous. Vos rideaux sont tirés et, fait rarissime, il y a de la lumière. Je l'ai aperçue de la rue

– ma tête se lève et se tourne vers vos fenêtres automatiquement que j'entre ou que je sorte, affichant un sourire béat. Et qui dit sourire béat dit provincial (un Parisien fait toujours la gueule et quand il croise un sourire, il le reçoit comme si on le menaçait d'un bazooka), Parisien qui a fumé le gazon public (la pollution a de puissants effets hallucinogènes) ou... j'ai du mal à l'écrire, quelqu'un... d'amoureux.

Soyons raisonnable, peut-on tomber amoureuse d'un *dos* ?

On dit toujours que, contrairement aux hommes, les femmes ne peuvent dissocier amour et sexe. Qu'elles ont besoin de sentiments pour s'envoyer en l'air, qu'elles s'attachent toujours à leur partenaire, même s'il s'agit au départ d'un pur plan fesses. Il faudrait creuser la question. Faire un sondage. Je pourrais peut-être le tenter au magasin. C'est idiot mais quand je propose la carte fidélité, j'entends toujours : « Ça vous fera 35,60 euros, vous êtes *fidèle* ? Non ? Ça vous tente ? »

L'êtes-vous, Adam... fidèle ? En soi, qui a envie de se faire tromper, hein ? Mais comment ne pas se lasser de son partenaire, ne pas être tenté par une aventure, l'attrait du nouveau, de l'inconnu ? Ma mère m'a eue très jeune et on a grandi ensemble, un peu comme deux sœurs. Je ne connais pas mon père – un Italien qui lui a brisé le cœur. Le scénario habituel : il a fui quand elle lui a annoncé sa grossesse. Ils avaient vingt-deux ans et se connaissaient depuis six mois, ça explique aussi un peu pourquoi. Il était venu pour un an dans le cadre d'un programme d'échange européen avec l'idée d'étudier l'histoire de l'art à la Sorbonne.

Betty (ma mère, donc) m'a dévoilé son prénom et son visage le jour de mes dix-huit ans dans une mise en scène très théâtrale : elle a allumé l'unique bougie sur mon gâteau avec son briquet, recette coco citron, la seule qu'elle connaisse et donc forcément ma préférée. Pour la bougie, elle avait oublié d'en acheter, et a sorti le photomaton de son portefeuille : « Romeo, ton père. Tu es grande maintenant, tu as le droit de savoir. Avec internet, tu peux peut-être le retrouver si tu en as envie. Il vient d'un petit village dans le Sud, tout au bout de la botte. Oui, c'est ce qu'il m'avait dit, tout au bout de la botte, je m'en souviens bien. »

J'ai surtout compris qu'elle avait mis dix-huit ans à digérer son histoire et qu'elle pouvait enfin prononcer son prénom devant moi sans s'effondrer en larmes. Entendons-nous bien, des hommes, il y en a eu d'autres, beaucoup d'ailleurs, mais aucun ne reste plus d'une nuit.

J'ai vaguement regardé le jeune homme sur la photo, le papier avait jauni mais elle était en bon état. Il m'était étrangement familier. En battant très fort des cils, mon visage se superposait au sien : même mâchoire carrée, même implantation de cheveux, même bouche. « Bon, je me suis dit, j'ai du sang italien et mon géniteur ne mérite pas son prénom. » Betty s'attendait à ce que je m'effondre dans ses bras tout en espérant que je ne le fasse pas, eh bien, je ne l'ai pas fait. Pas pour la ménager, mais parce que j'étais furieuse, d'un, qu'elle ait attendu aussi longtemps pour me le dire (ce n'est pas faute d'avoir demandé !) et de deux, de ne pas avoir fouillé son portefeuille il y a dix ans !

Qui sait, un jour j'irai peut-être explorer le bout de la botte. Et qui sait, nous irons peut-être ensemble, Adam.

En tout cas, je peux me tromper, mais il y a de fortes chances pour que les stéréotypes du garçon butineur et de la fille rangée ne reposent sur rien, à part des millénaires de conventions sociales. Certes, Alex et moi entrons dans le schéma classique, mais comprenons-nous bien, un amour parfait de conte de fées j'en rêvais (vu l'exemple de ma mère), et je m'y suis accrochée coûte que coûte. Cela me vaudra peut-être de m'allonger sur un divan les dix prochaines années… ou pas, si j'arrive à vous tomber dans les bras !

De toute façon, qu'est-ce qu'un homme ? Qu'est-ce qu'une femme ? En suis-je *une* ? Jusqu'à présent, je me suis sentie fille, même après le coup de grâce d'Alex – bon, à part l'épisode de la coupe de cheveux. La femme pour moi, c'est le glamour, l'assurance, l'élégance de celle qui sort en pyjama à la boulangerie le dimanche matin, un trench froissé par-dessus, chaussée de sandales au talon vertigineux et qui tend un doigt rouge parfaitement manucuré pour choisir ses croissants. Celle qui s'assume cheveux ébouriffés, traces des draps sur la joue et haleine de biche ayant croqué un trèfle vénéneux. En gros, celle qui affiche sa nuit de plaisir ou d'insomnie, le rimmel au coin de l'œil et qui n'en a rien à cirer du qu'en-dira-t-on.

Adam, vous avez la chance d'être préservé, mais les regards tuent à Paris. En fait, c'est un vrai paradoxe : d'un côté, tout le monde évite de se regarder et de l'autre, ça scrute, ça jauge, ça pince les lèvres. Et puis bien sûr, il y a les images – affiches géantes, publicités – que j'ai déjà évoquées, qui entrent sournoisement dans votre inconscient en devenant votre miroir idéal.

Un exemple : vous venez d'acheter un tacos avec supplément fromage et un sundae vanille, vous prenez place dans le bus et vous avez eu la mauvaise idée de vous installer côté fenêtre. Au bout de trois stations, votre estomac a réduit de moitié, au bout de cinq, une terrible envie de vomir vous prend, au bout de la sixième, vous descendez et offrez le tout à un SDF qui vous engueule de lui filer de la *junk food* et vous allez au pas de course acheter le bikini immettable aperçu en photo, que vous prenez en taille XS parce qu'en tirant dessus il a l'air grand et que vous vous imaginez l'enfiler sans peine et devenir le top model de l'affiche avec ses centimètres de jambes en plus et ses côtes en moins. La publicité crame tellement le cerveau qu'il vous semble que le jour où vous le mettrez pour aller fouler le sable blanc d'une plage paradisiaque (vacances hautement hypothétiques), même votre sourire se réalignera par magie.

Adam, est-ce pour cela que les filles sautent plus volontiers sur un Vélib' ou un scooter ? Pour fuir la pollution visuelle plutôt que les mains baladeuses ? Je me demande s'il y a des femmes aveugles *fashion victims*. J'espère qu'elles sont, au moins, épargnées par cette maladie !

Soyons honnête, il m'est arrivé d'acheter des jeans trop petits pour m'obliger à faire un régime. Il y a trois ans, j'ai d'ailleurs succombé à cette tendance du *thigh gap* – avoir un creux entre les cuisses –, sauf que j'ai bien dû me rendre à l'évidence : même en crevant la dalle et en m'obligeant à marcher comme une *cowgirl* restée trop longtemps en selle, mes cuisses se touchent. Faudra donc attendre ma prochaine réincarnation – idéalement en top model ou en scarabée (ben si, la plupart des insectes ont un trou entre les jambes !).

Du coup, ça m'a fait réfléchir : pourquoi le creux entre les jambes serait-il signe de beauté ? Depuis quand les femmes rêvent-elles de ressembler à des portemanteaux ?

La mode veut notre peau, Adam. Et nous en redemandons. Pourquoi ?

Les hommes prennent-ils plaisir à coucher avec de ravissantes omoplates et de jolies côtes saillantes ?

Je vous ai dans la peau, Adam, ma peau de jeune femme taille M, ma peau d'orange*.

Le temps de lever le nez de ma feuille et votre salle de bains vient de s'allumer. Bientôt l'heure fatidique de votre douche, mais pourquoi la lumière ? Je sens comme un nœud à l'estomac : il y a des habitudes qu'on ne souhaite pas voir bousculées. Et G. qui peut rentrer d'une minute à l'autre. Il faut que je trouve une solution au plus vite pour le faire déguerpir définitivement ou ma vie va devenir un enfer. Je meuble, je meuble avec G. le regard vissé à votre salle de bains, G. est un problème qui demande solution, G. ne peut pas être dans la confidence, personne ne peut l'être, ce que je vis est insensé, une femme apparaît dans l'encadrement de la fenêtre, je fonds sur mes jumelles. Trop tard, elle la referme à l'espagnolette et tire le rideau. Je vois son ombre danser tandis qu'elle se déshabille. Puis, elle disparaît. L'eau doit déjà couler sur son corps parfait – ses cheveux ont l'air de l'être et il y a souvent corrélation entre les deux. Il est 21 h 32, le couteau est déjà planté, autant le tourner sauvagement dans mes tripes et en finir : allez-vous la rejoindre ?

21 h 33, le temps s'est arrêté, ma respiration aussi. Tout est anormalement calme, sous tension, l'orage menace. Soudain, coup de tonnerre. Je sursaute d'effroi. La porte d'entrée s'ouvre sur G.

« Salut ! lance-t-il en jetant ses sacs de courses par terre. J'espère que t'aimes les éclairs. Je me lance dans la pâte à choux. »

Voilà la solution : une overdose d'éclairs. Est-ce qu'une douzaine suffira ?

Celle qui aurait pu être votre Charlotte aux fraises

* Peau d'orange : jolie expression, hein ? Inutile de vous en dire plus.

Plus tard dans la soirée

Adam,

J'écris pour me calmer, j'écris pour respirer, j'écris pour garder mon sang-froid.

Adam (inspiration suivie d'une lourde expiration), il y a une femme dans votre vie, une avec des yeux qui voient, une qui allume les lumières et ferme la fenêtre avant de se déshabiller pour prendre sa douche. Une qui connaît votre prénom.

(Inspiration.) Est-ce un modèle ? Est-ce une amie ? Est-ce votre sœur ? (Expiration.)

(Inspiration.) Est-ce votre ex ? (Palpitations, aggravation des palpitations.) Est-ce votre petite amie, votre femme – mais vous auraient-elles laissé seul tout ce temps ? (Expiration douloureuse.)

(Inspiration suivie d'une première bouffée délirante suivie de beaucoup d'autres.) Votre galeriste, peut-être, qui n'a pas résisté à l'appel d'une douche après avoir passé en revue vos nouvelles toiles dans l'atelier étouffant et saturé d'odeur de solvants – parce que vous pratiquez la peinture comme d'autres le bikram yoga, à partir de 40 degrés, ce qui permet à la gouache d'avoir une consistance idéale.

À moins que ce ne soit (revenons à la première hypothèse) votre modèle qui se soit rafraîchi après avoir tenu la pose pendant des heures ? Et si la galeriste était venue la rejoindre ? Et si la galeriste *était* votre femme ? Qui sait, peut-être bien qu'une amie à vous et votre sœur ont accouru pour les aider à se savonner. Possible qu'elles avaient chaud après avoir *toutes* posé pour vous. Possible même qu'il s'agisse d'un jeu pervers entre vous et votre sœur, qu'elle aime mater pendant que vous vous mélangez à de belles inconnues.

Ça y est, je divague. Je m'envole ! Je suis en train d'imaginer vos doigts sur le modèle, vos doigts de peintre, tâtant, effleurant, caressant, imprimant l'image mentale qui prendra place sur le canevas, et je me dis que même en étant un modèle professionnel, frigide et lesbienne, il y a peu de chances qu'elle arrive à tenir la pose. Probable que votre réputation n'est plus à faire, que les filles se pressent à votre porte pour avoir l'orgasme de leur vie : peut-être que c'est ça que vous immortalisez, l'orgasme de ces femmes, vous interprétez en couleurs et textures le parfum, la chaleur, le fondant de leur chair, les spasmes qui précèdent l'abandon et l'intonation de leurs cris.

Avec moi, vous ferez votre plus belle toile, Adam, mieux qu'une explosion, une pluie d'étoiles filantes !

Au moment où vos mains sur moi prennent enfin le dessus sur l'image de la femme dans votre douche, réchauffant doucement mon sexe, telle une rose se déployant à la faveur du soleil (n'ayons pas peur du kitch), mon téléphone vibre. L'interruption est on ne peut plus malvenue, je devrais le laisser dans ma poche, mais je ne résiste pas à la curiosité : c'est une photo, une photo d'Alex et de son petit ami, Marco, tout sourires, lunettes de soleil à la mode sur le nez, cocktails à la main et espadrilles aux pieds (noires pour Alex et blanches pour Marco). Derrière eux, le paradis. Le père de Marco a une tripotée d'hôtels dans le monde entier. Celui-ci s'appelle La Vita e bella et, à en croire la localisation, c'est situé en Sardaigne, sur la Côte d'Émeraude. Autour d'eux, une bonne centaine de jeunes sosies, garçons et filles, en train de danser et de siroter des boissons multicolores à la paille en faisant des selfies.

La rose se referme, les eaux du désir refluent vers mes canaux lacrymaux. Un garnement vient de donner un grand coup de pied dans mon château de sable. Ma vie s'écroule devant mes yeux. Tout fond dans mes larmes – votre balcon, vos fenêtres – sauf les sourires hollywoodiens d'Alex et Marco, et la silhouette de la sirène dans votre salle de bains qui grandit, grandit, grandit au point d'occulter tout, et me réduit à ce que je suis : une pauvre fille !

Greta Garbo aurait eu un demi-sourire de la commissure droite mi-triste mi-ironique et se serait allumé une cigarette, s'absorbant dans ses volutes, Grace Kelly aurait sorti *avec grâce* une cigarette de son étui en or, ses grands yeux doux magnifiés de deux perles qui seraient restées sagement entre ses cils, Katharine Hepburn aurait reniflé, pesté et allumé une cigarette, Ava Gardner aurait reniflé, pesté, tiré sur sa cigarette et aurait descendu une demi-bouteille de bourbon avant d'aller coucher avec tout ce qui bouge. Qu'aurait fait Kim Novak ?

Oh ! Adam ! Cruel ! Où l'aviez-vous cachée ? Vous me baladez pendant un mois et hop ! vous la tirez de votre chapeau comme un magicien. Vous, en couple ? Vous, amoureux ? Vous, avec d'autres femmes ?

Je regarde deux larmes énormes éclater sur la table, je renifle, peste, allume une cigarette imaginaire et me rends dans la cuisine chercher de quoi trinquer avec la photo d'Alex et de Marco, mais je ne trouve qu'un vieux soda éventé et mon lait avoine noisette. J'en remplis un grand verre et trempe mes lèvres dedans en imitant Jeff Bridges buvant son White Russian dans *The Big Lebowski*. Me reste juste à enfiler un vieux peignoir et aller faire une partie de bowling. Mais avec qui ? Deux nouvelles larmes se suicident dans mon verre.

Alex n'était jamais aussi sexy que lorsqu'il me lisait le soir des passages de ses bouquins. La veille encore que je le surprenne avec Marco, il lisait Nietzsche au lit : « Écoute sa définition du Dernier Homme, c'est nous, c'est dingue, c'est la fin ! L'humanité est foutue ! Nous sommes des abrutis asservis par la technologie, s'était-il emporté, jetant par automatisme un œil à son mobile. Nous ne savons plus ni communiquer ni aimer, nos plaisirs sont égoïstes, programmés, artificiels ! Ce type est un génie ! » Dans ces moments-là, son excitation était si communicative que je tentais de le caresser sous son pyjama de soie (ça aussi aurait dû me mettre la puce à l'oreille !) ou proposais un massage sensuel à l'huile d'ylang-ylang, mais c'était rare qu'on aille jusqu'au bout et le bout de toute façon ne durait même pas le temps que je me réchauffe les orteils (ben oui, je vous ai déjà parlé de mes extrémités glacées).

Adam, ça leur arrive aussi aux hommes de simuler un orgasme ?

Pour enfoncer le clou, mon mobile affiche une centaine de notifications en attente d'un *like*, tous d'« amis » en train de s'éclater en vacances, exultant de bonheur. Je jette un œil à mon dernier post : la bande originale de *Sueurs froides*. Rien à ajouter. Ma vie est un énorme mensonge, une pure fabrication mentale née de mon cerveau malade. Une déferlante de solitude réfrigérante s'abat sur moi. Je suffoque, je convulse, la fin est proche, puis un signal, comme un phare au loin, une lettre se met à clignoter, une initiale : G.

Je tends l'oreille : on dirait qu'il s'active encore dans la cuisine. Tel est donc mon destin : me réveiller sur le canapé avec une haleine de Carambar moisi, la toison de G. me chatouillant le nez. Mais qu'importe, là, tout de suite, j'ai besoin de *vraies* mains pour me toucher, de *vrais* bras pour me serrer et G. a le mérite d'être un homme bien réel, et tant pis si nous n'avons aucun atome crochu. Il ne se fera pas prier pour me refaire l'amour et rien ne m'empêchera si j'en ai envie de me projeter entre vos bras, enduite de pâte à choux.

L'autre en face (enfin, ce qu'il en reste)

Adam,

No sex last night.

Contre toute attente, ma dépendance à votre égard a eu raison de la toison de G. Ma dépendance et deux ou trois autres petites choses. Soyons clairs : un drogué est prêt à s'arranger avec la vérité pour continuer à avoir son shoot quotidien. Et vous êtes mon shoot, Adam.

Vous avez une femme, une petite amie, un modèle, une galeriste, une sœur ? Grand bien vous fasse ! Finalement, rien de rédhibitoire. Le pire des scénarios, l'insoutenable, aurait été qu'un *homme* partage votre salle de bains parce qu'avec mon récent traumatisme, les thèses du frère, du copain, du modèle, du galeriste, du cousin de passage ou même celle que vous soyez bi n'auraient pas pesé lourd. Et se retrouver à nouveau raide dingue d'un homo après ce qui m'est arrivé, franchement, ce serait pire qu'un cauchemar, une abomination, la preuve qu'on m'a pris du mauvais œil, que le destin existe, que les dieux de l'Olympe là-haut sont en train de se payer ma tête !

Certes, mes cheveux ne pourront jamais rivaliser avec la crinière de votre « invitée », mais j'ai d'autres atouts dans mon sac : ma jeunesse, mon inventivité et le désir insensé que je vous porte. Et bam ! Balayées l'épouse idéale, le modèle incendiaire, la galeriste indispensable, la sœur tordue et tout est bien qui commence bien par trois coups, comme au théâtre : je frappe chez vous, je me faufile à l'intérieur, silencieuse, vous envapant d'un sillon irrésistible (vous vous souvenez, je sors tout juste de la douche), mélange de shampooing senteur herbe, de mon gel douche à la mangue et des effluves intimes qui m'assaillent, exacerbés par le soleil à son zénith. Je coule, je me liquéfie, je me répands, je me transforme en rivière – sous ma robe portefeuille*, vous vous souvenez ? – et vous emporte.

Je me félicite ô combien de n'avoir pas cédé à la facilité hier soir avec G. Si vous saviez… enfin, vous allez comprendre… J'ai couru éperdue jusqu'à la cuisine, décidée à tout lui déballer et à m'écrouler en reniflant sur son épaule. Une odeur de chocolat planait dans tout l'appartement. G., tout excité, faisait des entrechats entre le frigo et le four au risque de se prendre une porte de placard (la cuisine fait 1 mètre sur 2) : « Tu dors pas ? m'a-t-il dit en m'apercevant. Regarde ce glaçage comme il brille et les bandes, regarde, nickel, pas trop fines, bien régulières ! Viens, on va se faire une dégustation dans le salon. » Et avant que je puisse ouvrir la bouche, il me l'a remplie avec ses éclairs infects, qu'il m'a demandé de noter ensuite de 1 à 5. Entre nous, s'il avait rempli un rouleau de papier toilette de crème pâtissière, ça n'aurait pas été pire. Aucun risque d'en faire une overdose ! Cette simple évocation m'a fait sourire malgré mon état lamentable et G. l'a interprété par un sourire de contentement. Du coup, je lui ai mis une moyenne de 2,5 sur 5, histoire de l'encourager et parce que, c'est vrai, ils étaient beaux ses éclairs, bien qu'immangeables !

Il était près de minuit. G., les yeux en bas des joues, surfait sur son portable pour comprendre comment rendre une pâte à choux digeste, tout en se réjouissant de recevoir un tas de commentaires élogieux sur la photo de ses merveilles postée à la sortie du four. Et moi, ben, j'étais en train de penser à vous, le regard vague mais dirigé vers la rue. Je me suis mise à avoir mal au ventre – la dégustation était peut-être aussi en cause. Un manque terrible de vous. Un besoin terrible de vous, de réduire la distance entre nous, d'aller me planter sur le balcon et de réveiller tout le quartier en hurlant jusqu'à ce que vous apparaissiez devant moi, torse nu qui sait, les cheveux délicieusement en bataille, et que je vous joue ma scène du balcon, qui me permettrait de faire une sortie en beauté (oui, en m'écrasant comme une crotte sur le trottoir, option 2, cf. p. 84) si vous restiez de marbre.

Les rideaux étaient ouverts, je me suis donc levée soi-disant pour les fermer. Aucune lumière chez vous, porte-fenêtre du salon entrebâillée. Peut-être un minuscule filet au fond : dans votre entrée ? Le couloir qui mène aux chambres, à votre atelier ? L'invitée ? Je suis retournée m'asseoir, me retenant d'aller chercher mes jumelles. Après m'être rongé l'ongle du pouce gauche, cuticule incluse, n'y tenant plus, j'ai prétexté une chaleur étouffante pour les rouvrir. Je suis restée devant ma porte-fenêtre ouverte, immobile, essayant de reprendre mes esprits en reniflant la brise, jusqu'à ce que je sente G. se mettre en mouvement pour me rejoindre. Alors, coupant court à son élan, je me suis dirigée vers la cuisine au pas de course pour aller chercher à boire (il avait confondu le sucre et le sel). De retour au salon, j'avais toujours la bouche aussi sèche, mal au ventre et je me sentais nauséeuse. Je suis sortie sur le balcon, j'ai fermé les yeux et j'ai attendu un miracle : que vous apparaissiez et que G. se volatilise.

Adam, croyez-vous à la télépathie ?

En rouvrant les yeux, j'ai eu l'impression que votre fenêtre était plus ouverte. J'ai battu des paupières, fixé à nouveau. Ça semblait plausible. L'effet de la brise sans doute. Et puis votre main est apparue et puis vous, pas torse nu, mais en tee-shirt blanc du plus bel effet sous la lune. J'ai cru que j'allais vomir (l'émotion ou les foutus éclairs ou les deux). Mais alors que je commençais à me dire que le miracle avait eu lieu, j'ai entendu :

« Mais c'est qu'elle mate, la coquine ! » C'était G., mi-moqueur mi-entendu. « Beau gosse le type, hein ? » a-t-il ajouté avec sa finesse habituelle.

J'ai opiné du chef en me disant que ce que je venais d'entendre était peut-être le fruit de mon imagination. Mais il a poursuivi (j'essaie de rendre son monologue le plus fidèlement possible) : « T'aimerais le rencontrer ? Tu veux son numéro ? Ah ! ah ! C'est donnant, donnant, ma petite. Je reprends la chambre pour de bon et je te dis... tout. Tu réponds pas ? Je le connais je te dis, j'ai fait le service jeudi soir pour son vernissage. Tu vois la galerie, à côté du bar où je travaille ? Il y fait une expo. C'est un peintre super connu. Alors, tu me crois ou pas maintenant ? Allez quoi, laisse-moi rester et je te révèle son secret... Allez ! T'es dure en affaires toi alors, bon, je te dis ? Il est aveugle ! Avoue que tu savais pas ? Moi-même, au début, j'ai pas capté. Il a l'air normal, tu vois, il porte pas de lunettes noires. T'imagines ? Peindre en étant aveugle ? Moi je dis, respect. Et quand j'ai vu son adresse sur un carton d'emballage, là, j'ai pas résisté, tu me connais. J'étais passé déposer le champagne. Du coup, on a un peu discuté. Il est hyper sympa... On a même parlé de toi si tu veux tout savoir, avec cette histoire de vis-à-vis forcément... »

Si tu veux tout savoir, j'ai eu envie de lui dire (mais je sentais les éclairs remonter), tu viens de tout salir, de tout détruire, de rabaisser la beauté d'un homme, d'une histoire, de *mon* histoire, a un truc trivial. Et qu'en plus, tu aies osé parler de moi dans mon dos, ça, c'est fatal : je viens de te rayer de ma vie, toi et tes éclairs en plastique ! Et j'ai couru in extremis vomir aux toilettes avant de me répandre sur le balcon, devant vous. Dans mon malheur, au moins, G. ne m'a pas révélé votre nom. L'apprendre de sa bouche de mangeur de cookies au Carambar m'aurait été insoutenable.

Et dire que je passe souvent devant cette galerie sans jamais avoir eu la curiosité de m'y arrêter.

Ce matin, j'ai prétexté une gastro pour me faire porter pâle au magasin. Je vous écris de mon lit. Pas envie de voir leurs sales tronches de gens qui vont bien. Je dois réfléchir, trouver une solution – abandonner ou continuer cette folie ? – avant de perdre la tête.

La fille en compote

* À tout bien considérer, ruisseler dans une salopette en denim n'ajouterait rien à l'ambiance torride ! Cf. la troisième lettre.

Liam (désolée pour les pâtés, je tremble. L'émotion de m'adresser à vous, le vrai vous),

Ceci est ma dernière lettre – mais n'est-ce pas plutôt la première ?

J'ai pris ma décision tout à l'heure devant la galerie : la grande peinture en vitrine m'a provoqué une telle émotion. Je ne sais pas encore l'expliquer : est-ce sa beauté, sa vérité, le fait que vous m'ayez littéralement peinte corps et âme – car c'est moi toutes ces contradictions, ces couleurs et formes qui s'enchevêtrent, se frottent, se heurtent, se caressent. Soudain, j'ai été envahie par un sentiment de paix, une plénitude extraordinaire. Vous m'avez rendu la vue, Liam, tout est clair à présent : me retrouver face à votre indifférence reviendrait à signer mon arrêt de mort. Certes, Hollywood m'a aussi appris que l'indifférence peut être une façade : la sublime et persévérante Grace Kelly, alias Lisa Fremont, finit par coller son non moins sublime négligé en soie sous le nez du célibataire endurci James Stewart, alias L.B. Jeffries, qu'elle fait jaillir d'un ravissant baise-en-ville.

Liam, je suis prête à mourir, oui, mais entre vos bras.

J'aurais tant aimé vous apercevoir à travers la vitrine et, passé ma stupeur, sentir mon corps m'échapper et le vôtre répondre au mien façon plaques tectoniques avant The Big One*. Vous voir vous figer sous l'effet de mon regard brûlant sur votre nuque et l'instant d'après, lâcher dans un même mouvement la toile entre vos mains et votre interlocuteur pour me faire face, enfin.

Vous seriez sorti ou je serais entrée. Il y aurait eu la douceur de vos lèvres, l'odeur poivrée iodée divine émanant de vos cheveux, de votre peau aussi douce que des plumes, mes mains s'invitant sous votre tee-shirt, remontant fébriles, avides, votre dos sans y croire. Il y aurait eu nos halètements couvrant les chuchotements des gens choqués – et jaloux – quittant les lieux à reculons sans pouvoir détacher leurs yeux. Et notre plaisir aurait inversé le cours des planètes et balayé tout sur son passage, nous rendant à notre forme première : poussière d'étoiles, pure énergie.

Liam, n'avez-vous jamais rêvé d'être immortel ?

« Grandis, ma p'tite ! » a conclu Léna lors de notre discussion à 3 heures du matin (non, je ne dors plus et par chance, elle venait de quitter son *lover* du soir), agrémenté d'un émoji à la larme à l'œil. Ce que j'ai trouvé paradoxal. Lui reste-t-il malgré tout encore un peu d'humanité ? Juste pour avoir le dernier mot, j'ai répliqué : « T'iras dire ça au Japonais qui s'est marié avec un hologramme ! », suivi d'un émoji au sourire en coin à la Greta Garbo, du genre qui ne s'en laisse pas conter. Cela me redonnerait sûrement un peu d'assurance si je pouvais me coiffer comme elle, d'un savant carré coiffé décoiffé, mais là, en tirant fort sur les pointes, j'arrive aux pattes d'Elvis dernière période, et encore !

Je rends ma bure au magasin après-demain. Ma mère m'espère dans son trou normand où elle passe les vacances avec son futur ex – enfin, déjà deux mois qu'ils sont ensemble, soit la durée de toutes ses histoires réunies depuis ma naissance. Y a-t-il anguille sous roche ? Et il se pourrait bien que j'accepte d'y aller la mort dans l'âme, juste pour m'arracher à vos fenêtres (et au passage lui apprendre ma rupture avec Alex). Sauf si j'arrive à écraser ma larme (merci Léna) et que, galvanisée par le manque de sommeil, je décide de tenter le tout pour le tout :

Scénario Garbo : Je retourne à la galerie et je fais mine d'être une milliardaire texane. (Si, j'ai des santiags !)

Scénario Hepburn : Je retourne à la galerie et fais mine d'être en thèse d'histoire de l'art. Sujet : La cécité dans le monde de l'art contemporain ou l'indifférence à la beauté.

Scénario Kelly : Je retourne à la galerie, vole l'une de vos toiles en prenant soin de laisser tomber un foulard avec mes initiales (et téléphone quant à faire).

Scénario Gardner : Je retourne à la galerie, jette mon dévolu sur une toile, et vais me rafraîchir au bar d'à côté. Sur place, j'enlève mes talons aiguilles (ou tongs à défaut), la gent masculine vacille, on me tend une cigarette, un verre, un éventail, un guitariste sort de nulle part et je me lance dans un flamenco endiablé en faisant mine de ne pas vous attendre.

Scénario « Parce qu'on ne vit qu'une fois » : Je traverse la rue et franchis votre porche pour y glisser cette lettre dans votre boîte (et déménage dans la journée !).

Zut ! On sonne à la porte… Pas moyen d'être tranquille ! Encore cet abruti de G., ce sale jaloux, qui a dû oublier ses clés. Je vais le laisser croupir dehors, c'est tout ce qu'il mérite. Je pourrais très bien être sortie, en plus… C'est qu'il insiste ! Vas-y, détruis-moi les oreilles ! S'il appuie encore une fois sur la sonnette, je ne réponds plus de rien ! Aaah ! (Désolée pour le trou dans la feuille.)

Toute à vous,
Stella

PS : Alors en fait, c'était Irène ma gardienne, avec une lettre. À peine j'ai aperçu l'absence de timbre qu'elle a attaqué : « Vous le connaissez l'aveugle du troisième en face ? Faites attention, les artistes, c'est pas des gens sérieux si vous voyez c'que j'veux dire. Une belle jeune femme comme vous, en plus ! N'allez pas faire des bêtises, hein ? »

Comment vous dire ? L'impression de me prendre un grand coup de pelle derrière la tête. Souffle coupé, papillons devant les yeux et soudain, que du noir. Dans ma main toujours tendue, j'ai senti le contact froid de pièces de monnaie. Je l'ai entendue parler de biscottes sans sucre, de régime, évoquer le magasin bio. Par miracle, mon autre main a trouvé le chambranle de la porte et je me suis forcée à respirer calmement, priant pour qu'elle me remette la lettre, que je puisse fermer la porte et m'écrouler. « N'oubliez pas ce que je vous ai dit, hein ? N'allez pas faire de bêtises ! » a-t-elle sermonné une dernière fois sur le ton avec lequel on gronde une petite fille qui a chapardé une sucette.

La lettre est posée devant moi.

Vous avez tracé mon prénom au bleu d'une écriture étonnamment ronde, féminine. Rien d'autre que mon prénom sur cette enveloppe blanche tout ce qu'il y a d'ordinaire. Je passe le doigt dessus et il disparaît. Je ne comprends pas ou plutôt j'ai peur de trop bien comprendre : G., qui d'autre et comment autrement ?

Vous êtes là, sous mes doigts, mais à quoi bon désormais ? Je suis une blague ! Cette ordure a tout manigancé, il a dû fouiller dans mes affaires et tomber sur « notre » correspondance. Je retire mon doigt, je vois mon prénom, tout en courbes : je ne l'ai jamais vu écrit avec autant de sensualité. Comme une percée bleue dans les nuages, une fenêtre qui s'ouvre, la vôtre, et soudain votre torse qui se libère du tee-shirt à l'aide de votre bras droit, se déploie dans l'espace, tel l'aigle royal se propulsant dans les airs, puissant et d'une grâce infinie.

En face, la brise s'engouffre dans vos rideaux et vos fenêtres reflètent l'azur de cette matinée d'été parfaite, qui donne envie de se draper nue dans une robe portefeuille. Je vais poser mon stylo, sortir sur le balcon et lire votre première lettre.

Mademoiselle,

J'ai croisé votre ami Jay (?) lors de mon vernissage jeudi soir. Il paraît que vous êtes en licence de lettres, cultivée et sensible. Tout à fait le profil que je recherche, mais j'ai oublié de lui demander votre numéro de portable.

J'ai besoin de quelqu'un de confiance avec une belle plume pour m'aider avec mon livre. Mon BrailleNote Touch a ses limites et je dois rendre le manuscrit à l'automne, autant dire demain ! Le travail sera payé évidemment.

Si vous êtes intéressée, passez me voir. Inutile de vous donner l'adresse… Sonnez à Liam Dubois, le code du porche est en panne. Mon atelier se trouve à gauche dans la cour (suivez l'odeur de térébenthine). Si je ne réponds pas, insistez, je peins en musique et souvent, je n'entends rien. J'y suis tous les après-midi et le soir, en général.

Au plaisir,

Liam

PS : Ma précieuse Aïda va se débrouiller pour que ce mot vous parvienne (les gardiennes ont leurs petits secrets !). Je n'ai que votre prénom. Stella. Je l'ai retenu car c'est le thème de mes dernières toiles, notamment la grande en vitrine, que vous verrez si vous passez devant la galerie (celle à côté du bar où travaille votre ami). J'ai tenu à l'écrire de mémoire pour en sentir les boucles sous mes doigts, désolé si le tracé en est un peu incertain.

DANS LA MÊME COLLECTION

Le Goût du baiser, Camille Emmanuelle

« L'odeur du pain grillé. Je ne sens pas l'odeur du pain grillé. J'ai pourtant bien entendu le bruit du pain qui saute du grille-pain, dans la cuisine. C'est samedi matin. Je suis dans ma chambre, dans mon lit, encore allongée. Je suis réveillée depuis plusieurs minutes. Le matin, le week-end, ma mère fait griller du pain. Tous les samedis et tous les dimanches, depuis que je suis petite, je me réveille avec cette odeur familièrement délicieuse. Quand j'étais en maternelle et en primaire, elle le faisait vers huit heures du matin. Depuis le collège, j'ai découvert la grasse matinée, et elle ne commence donc les hostilités pain-grillé-beurre-salé-confiture qu'aux alentours de dix heures. Cette odeur qui donne faim a un effet magique – elle me fait bondir du lit. Mais elle est aussi l'odeur du week-end, et donc du temps que l'on prend. Je peux traîner en pyjama, lire des BD blottie dans le canapé, me recoucher et regarder des séries, me raser les jambes, ou faire un masque beauté qui ne sert à rien. Tout cela sans souci de l'heure. Le bonheur. C'est ça, que sent le pain grillé que prépare ma mère. Sauf que ce matin, je ne sens rien.

Le médecin m'a dit, hier : « Si vous avez des réactions physiques anormales, ces prochains temps, comme la tête qui tourne ou des vomissements, revenez consulter immédiatement. » Est-ce que ne pas sentir le pain grillé, c'est une raison pour consulter ?

Encore dans le pâté, je chasse cette pensée, me lève et vais regarder mon visage dans mon miroir ovale, au-dessus de ma commode blanche. C'est un geste automatique que je fais tous les matins. Comme pour vérifier – c'est totalement crétin – que mon visage ne s'est pas transformé pendant la nuit. Il m'arrive d'avoir des boutons (coucou la puberté !) mais jusqu'ici j'ai échappé à la métamorphose totale. Ma première réaction ? Ouf, tout va bien : ce n'est que moi, Aurore. Ma deuxième ? Fais chier : ce n'est que moi, Aurore. Ni une beauté ni une mocheté. Une fille banale, une lycéenne, dans une ville de province normale. Avec des parents normaux. Un bibliothécaire et une secrétaire médicale dans un cabinet de dentiste. Ils m'ont donné ce prénom débile, Aurore. Oui, il est débile. « On t'a nommée Aurore car tu es née avec des cheveux blonds comme de l'or, juste après les premières lueurs de l'aube », m'ont dit mes parents, émus, un jour où je leur demandais l'origine de mon prénom. Sauf que maintenant mes cheveux sont châtains. Et que c'est un prénom qui évoque la beauté absolue, l'innocence et la sagesse. En cours d'italien l'année dernière on a étudié *Le Printemps* de Botticelli et ses nymphes. Voilà le genre de meufs à s'appeler Aurore ! Pas moi, qui fais un mètre cinquante-sept, avec les cheveux raides et coupés au carré, les yeux marron, et zéro nichon. À la rigueur, j'admets qu'Aurore est un joli prénom. Quand on a entre 0 et 10 ans. Ou entre 60 et 90 ans. Pas de bol, j'ai 16 ans.

Je râle, devant mon miroir. Mais il ne faut pas s'y tromper. Je ne suis pas une ado fondamentalement bougonne, comme on les représente dans les films. J'ai une super bonne raison d'être de mauvais poil : il y a trois jours, j'ai eu un accident de vélo assez violent.

C'était un après-midi chaud qui ressemblait encore à l'été, alors que la rentrée arrivait vite. On était déjà le 28 août. Je m'ennuyais chez moi, et voulais absolument m'acheter de nouvelles baskets pour ma rentrée en première. Mes parents n'étaient pas d'accord. Mon père, surtout.

– Aurore, tu en as quatre, des paires de baskets ! m'a-t-il dit en levant les yeux de sa liseuse. Et à ce que je sache, à ton âge on ne grandit plus des pieds.

La vérité était que j'en avais au moins huit.

– Ben oui, mais elles sont vieilles, et c'est la rentrée lundi prochain.

– Je vois pas le rapport.

Il a alors repositionné ses lunettes de vue sur son nez et s'est replongé dans sa liseuse. Avec son crâne dégarni et ses gros sourcils noirs, petite je trouvais qu'il ressemblait à Sean Connery. Lui aurait préféré ne pas perdre ses cheveux et ressembler à Marcello Mastroianni. Mon père est un fils d'immigrés italiens, qui a été un élève modèle, et qui a réussi grâce à la lecture et à la culture. Pour lui, tout ce qui est fringues, mode, apparence en général, est une « préoccupation de petit-bourgeois oisif », comme il me le répète depuis que je suis petite. Je ne suis pas une fashionista, loin de là, mais j'étais stressée par cette rentrée, et je pensais qu'une nouvelle paire de chaussures serait comme un talisman, ou une arme, pour affronter tout ce qui va arriver en première littéraire : les nouveaux profs, les nouveaux élèves, les nouvelles matières. Le gros bordel, quoi. »

(Extrait du chapitre 1)

Le Point Sublime, Manu Causse

« Je me réveille et j'ai six ans. Je suis la petite fille la plus heureuse du monde. Dans quelques heures, je serai chez Lune, ma grand-mère, dans les gorges du Tarn. J'y resterai toutes les vacances.

Par les volets, le soleil dessine des rayures obliques sur le papier peint rose des murs de ma chambre. Je vois, découpées, les jambes des deux danseuses étoiles dans leur cadre, et le sourire de mon héros de manga préféré sur son poster.

Dehors, j'entends grincer le portillon en fer du jardin de Mme Béchu, la voisine. Je referme les yeux. Je n'aime pas penser à elle, elle me fait un peu peur. Je crois que c'est une sorcière.

La maison est silencieuse. Papa et maman ne sont pas réveillés. Entre mes jambes, dans mon pyjama, je serre Pignou, mon lapin en peluche. J'ai découvert qu'il a un pouvoir magique. Quand je l'entortille contre moi pour le frotter doucement, il se passe quelque chose dans mon ventre. C'est comme une chatouille, comme le courant électrique d'une pile qu'on pose sur sa langue, mais beaucoup plus agréable. Ça crépite dedans, une petite secousse qui remonte vers mon nombril ; quelque chose se tend, puis se dénoue. J'ai envie de rire et de pleurer à la fois.

Souvent, quand je n'ai pas sommeil, ou quand je suis un peu triste, c'est comme ça que je m'endors. Et que je me réveille, aussi. Et parfois je le fais juste pour le plaisir, parce que je suis heureuse.

Je serre Pignou un peu plus fort, je le fais aller et venir contre moi. Son ventre doux et souple me caresse juste là où il faut. Je sens venir la petite vague, délicieuse et magique.

Derrière mes yeux fermés, je vois exploser des couleurs.

*

Je me réveille et j'ai neuf ans. C'est l'hiver, le jour n'est pas levé, mais j'entends grincer dehors le portillon de Mme Béchu. Ce n'est pas une sorcière ; les sorcières n'existent pas, je le sais maintenant.

Grâce aux livres de la bibliothèque de Lune, je sais aussi que les chatouilles dans mon ventre s'appellent un *orgasme*, et ma façon de m'endormir de la *masturbation*. J'ai découvert que les draps, ou mon poing, pouvaient remplacer Pignou le lapin. Mais le plus souvent, j'essaie de me retenir de le faire. J'en ai parlé avec Joseph, l'été dernier, quand il me montrait son zizi, et il trouvait que c'était mal. Ma mère a dit la même chose quand elle a découvert ce que nous faisions tous les deux.

Lune a voulu me défendre. Elle a dit que c'était naturel, qu'il n'y avait pas de honte. J'aurais aimé la croire. Mais il y a eu une grosse dispute entre elle et maman, et nous sommes partis ce soir-là.

– Je suis désolée, Michaël, mais ta mère a une mauvaise influence sur Mina.

Il faisait nuit et nous rentrions à la maison. J'étais allongée sur la banquette arrière, les yeux fermés. Maman pensait que je dormais.

– Écoute, Florence, je sais bien que Lune n'est pas comme tout le monde, elle est très anticonformiste, mais c'est sa façon de...

– *Lune*. Rien que ça, ça m'énerve. Tu vois, le fait qu'elle ait toujours refusé que tu l'appelles « maman », pour moi, ça dit tout : elle n'a aucun sens des responsabilités envers un enfant.

Papa a soupiré.

– Peut-être, mais on ne peut pas...

– Je dis juste que l'année prochaine, on ira en vacances ailleurs.

J'ai eu l'impression de basculer dans le vide. Je connais assez bien mes parents pour savoir que, quand maman a décrété quelque chose, ça se produit. Je pense que c'est ma faute.

Le mois dernier, au téléphone, Lune m'a annoncé qu'elle partait pour l'Inde et qu'elle ne savait pas quand elle reviendrait.

J'ai décidé d'enfermer Pignou dans mon armoire et de ne plus jamais l'en sortir. N'empêche que parfois, je me réveille la nuit avec ma main entre les jambes, et je me déteste pour ça.

Je sais que c'est à cause de la masturbation et du sexe, que c'est parce que je suis une mauvaise fille, que je n'irai plus jamais aux Granges. »

(Extrait de la première partie)

Cet ouvrage a été achevé d'imprimer sur Roto-Page à la Garbo
pour le compte des éditions Thierry Magnier
par l'Imprimerie floch à Mayenne en février 2020
Dépôt légal : mars 2020
N° d'impression : 95838
Imprimé en France

DANS LA MÊME COLLECTION

mai 2020

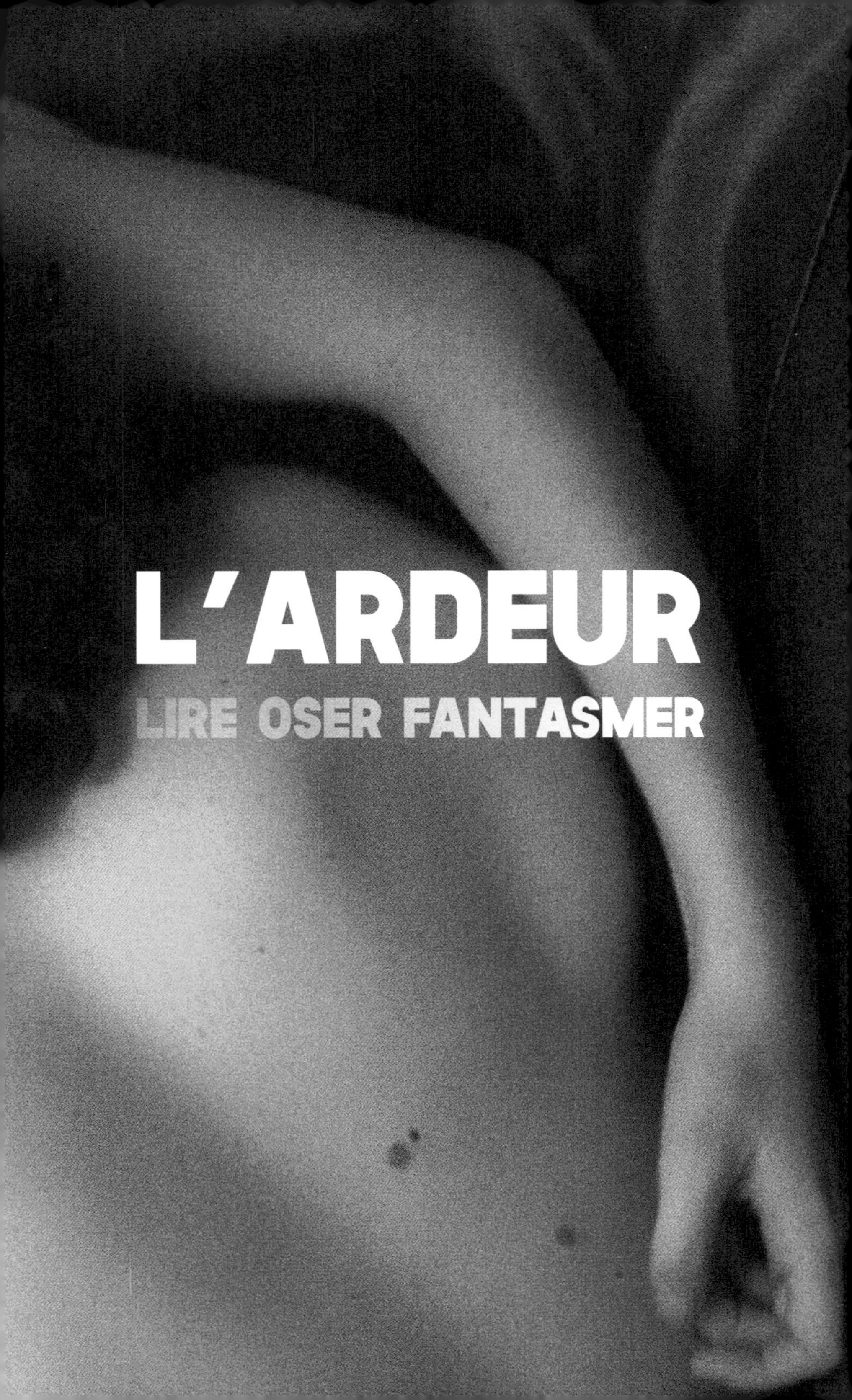
L'ARDEUR
LIRE OSER FANTASMER